KB132118

검은 사슴은 이렇게 말했을 거다
채호기 시집

문학동네시인선 112 채호기

검은 사슴은 이렇게 말했을 거다

시인의 말

생각을 멈추고 호흡에 집중하기.
몸에서 빠져나와 언어로 행동하기.
채석장 돌산 (언어는 독립적이다),
깨어져 나뒹구는 언어와
(판 아래 보이지 않는 자력에 쇳가루가 끌리듯)
부서져 흩어진 나들의 회집
의 상호관계, 분리한
몸과 언어의 새 종합.

2018년 11월
채호기

차례

나는 언제나 내가 아니다

아무것도 아닌

시간의 끝이 얼마 남지 않았다

그 이후가 있을까?

나는 누구인가?

나는 언제나 내가 아니다

명자꽃

오래도록 산길을 걸어온 저녁, 마침내 산의 출구를 나서면 해는 지고 어스름이 나직이 깔린 들판이 잔물결도 없이 응고된 안개로 퍼져나간다.

하늘은 표면장력으로 지평선을 팽팽히 끌어당기고 먹 묻힌 굵은 붓이 획을 긋다 멈춘 곳에 검은 구름이 번져 내릴 때 한 등불이 속삭이듯 끌어당긴다.

명자꽃,
나는 누구인가?

어두운 몸안에 만져서는 찾을 수 없는 유난히 밝은 동통이 시신경을 잡아당기는 저녁의 깊은 곳에서

명자꽃, 뜨거운 불빛이 겹겹 어둠에 에워싸였다 한 겹 한 겹씩 자신을 탈피하는,

명자꽃 불빛은 활시위를 떠난 밝은 촉으로 정신을 파고든다.

나는 누구인가?
우연히 눈 맞춘 참새의 동공에 담겨
솟구쳐올라 시선 겨누는 대로 흩어지다가
명자나무 어두운 가시에 터져 밤으로 스며드는
나는 누구인가?
명자꽃,
밤의 광막함이 그 등불에 기댄다.

나는 누구인가?

나?

나라고 쓰면서 동시에 갈라진다. 하나는 내 몸을 가리키면서 파고들면서(물결이 배 밑바닥을 지나가면서 배가 일렁이듯) 공명하고(무엇이 무엇에 공명하는 것일까?), 다른하나는 종이에 덧칠되면서 종이를 긁으면서 표면에 붙으면서 나가 된다.

나는 수많은 갈라짐이다. 쪼개진 자잘한 부분이 나이다. 눈길을 끄는 것들이(얼핏 보았지만 잔상으로 남는 색깔 같은 것이거나, 사라진 뒤에도 남는 냄새, 촉감 같은 것) 있어 그것들을 그러모을 수 있다면 그게 나?

그러나 나. 인. 순간. 동시에 사방으로 흩어진다.

나?

나나나나 나나나나 나나 나 나 나나~

허밍이나 스캣이 나?

겨울 저녁, 덕수궁 현대미술관에서

창가에 앉았을 때
저녁이 물끄러미 얼굴을 디밀어
내가 거울인 양 자신의 모습을 쳐다보았다.

어두워져가는 저녁에는 빈 연못과
대리석 계단들이 차갑게 껴안고 있었다.
저녁이 거울인 양 나는 내 모습을 비춰
보기 위해 목을 빼고 눈알에 힘을 주고
저녁을 향해 이리저리 굴려보았다.

어떤 한순간 나는 저녁의 피부를 뚫고
두개골을 투시하며, 저녁의 뇌 속을
들여다보았다. 해가 지고 있었다.
빈 나뭇가지와 회색빛 얇은 하늘에
어둠이 조금씩 미세하게 스며들고 있었다.

그것은 나에게 자신을 비춰보는 저녁의
감정 같은 것이었다. 아니면 저녁의 뇌
속으로 나를 흘려보내는 나의 예민한
느낌, 단순하고 절제된 비밀 같은 것이었다.
조르조 모란디의 정물화 속에서 가느다란
돌기를 뻗는 헐떡임, 헐떡임의 촉수였다.

그때, 나를 비춰보던 저녁의 뇌 속에서
신경세포 하나가 크리스마스트리처럼
반짝였다. 나는 그 반딧불이를 쫓았으나
사라지고 저녁의 얼굴은 한순간에 사라졌다.
나는 구두 속에 감춘 발가락에서 플러그를 꺼내
어느새 벽돌처럼 단단해진 암흑 콘센트에 꽂았다.
그건 내 무의식의 애액 없이 메마른 질 입구였다.

* 조르조 모란디(Giorgio Morandi, 1890~1964): 이탈리아의 화
가. 정물화를 많이 그렸다. 2014년 11월 20일부터 2015년 2월 25일
까지 국립현대미술관 덕수궁관에서 〈조르조 모란디: 모란디와의 대
화〉전이 열렸다.

다른 곳

나는 내 안으로 나 있는 돌계단을 내려갔다.
심장 소리가 거세게 고막을 두드렸다.

그곳은 언젠가 와본 것 같은 계곡이었다.
평범하고 흔해서 기시감을 주는
그곳에 나는 오래도록 서 있었던 것 같다.

나는 공기에 흩어진 채 나를 바라보다가
내가 숨을 들이마실 때 코를 통해
내 안으로 들어가 다시 내가 되었다.

내 발은 돌을 밟고 있다.
돌의 요철에 따라 종아리 근육이 긴장하고 있다.
나는 비스듬히 짝다리 짚고 흰 나무에 기댄다.
은사시? 자작? 나무 이름을 잠시 생각해본다.
잎이 잔털 보숭한 뒷면을 보이며 말한다.
듣지 못하는 나는, 바람이 부는구나, 생각한다.

나는, 한 그루 나무라면 좋겠다, 생각하며
나무 우듬지를 바라본다.
거기 바다 같은 하늘이 있다.
양쪽 산이 가파르게 솟은 계곡이라
여기는 바닷속 우물 같다.

나는 그곳에 오래 서 있다.
언제부터 서 있었고 언제까지 서 있을지
생각해본 적 없다. 다만
나는 나의 내부에 있을 뿐.

내부는 육체의 내부도 정신도
흔히 말하는 영혼이라는 내부도 아니다.
시간도 공간도 물리도 이 세상 같지 않은
다른 곳일 뿐.

한숨에 섞여 바깥으로 나갔을 수도 있다.
구름, 새파란 것에 대항하는 흰 구름.
새파란 하늘은 내려다볼 때의 흰자위일 수도 있다.
구름이 눈동자에서 시작하여 머리 부근을 덮었다.
숨겼다.
나의 바깥은 나무인가?
계곡일 수도,
여러 번 겹쳐진 하늘의 푸름일 수도 있다.

눈을 이해하는 법

내 눈은 흠집이 나고, 한쪽이 우그러진 창이다. 창밖의 건물이 찌그러지고 수직으로 솟은 나무의 가운데 부분이 수평으로 길어진다.

눈을 열고 싶다. 어떤 목소리가 손닿지 않는 곳의 창이라 열 수 없다고 말한다. 손도 마음도 닿지 않는 저 깊은 곳의 눈은 무엇을 내다보는 것일까?

나의,

내가 닿을 수 없는 내부,

그것은 내게서 등 돌려 잠자는 너일까? 너의 등은 아무것도 내다보이지 않는 창이다. 창밖의 흐릿한 어둠은 부드러운 분말로 쌓인다. 그걸 쓸어내거나 훅 불어 날리고 싶다.

하지만 너의 등은 열 수 없다.

열 수 없는 창은 아무것도 보이지 않고 까맣다.

까만 화면에 희끄무레한 무엇이 유령처럼 공중에 떠 있다. 나무에 걸린 천 조각, 구름 가운을 걸친 달인가?

창밖에 내걸려 있는 희번덕이는 생각일까?

눈을 열고 싶지만, 열리지 않는 눈은 속수무책으로 베이컨의 초상화들처럼 일그러진 얼굴을 영사한다.

"내 속의 네가, 열 수 없는 내 눈을 열고, 열리지 않는 너를 마주본다"라고 낮게 들이마시며 말하는 어떤 목소리가 창에 부딪혀 흩어진다.

일그러짐
―눈의 바다

팽팽하던 수평선이 일그러진다.
능선을 걷듯 솟아오르고 꺼져드는
물산 위를 걸어본다. 눈이 내리고
바다와 하늘의 칠판에 분필이
선을 긋는다. 점이었다가 선이었다가
공기를 찢는 스크래치, 별안간
눈앞에 닥치는 나비, 별똥이다.
이 모든 게 팽팽한 원통이던 망막의
일그러짐 때문이다. 보는 세계의 흠집이
보이는 세계의 오류에 첨투한다.

안개 낀 바다 흐릿한 정신이 배의 용골
앞으로 부딪칠 듯 다가선다. 시커먼 암초!
를 뒤늦게 발견한 눈들이 긴장한다. 수축한다.
정신들이, 일그러짐, 정신에 충돌한다.
파고의 날카로움, 배의 침몰, 파괴 후 침몰
아닌 파도와 일그러짐, 두 리듬이 꼬이는 바다.
세계는 일그러짐 위에 균형 잡는 긴장하는 직선이다.

일그러진 정신이 암초라면 파도 암초에 부딪치며 일그러짐
암초가 되는 정신 파도 파괴를 침몰시키는 정신 일그러짐
파도의 첨단인 정신, 파도와 일그러짐으로 꼰 밧줄
일그러진 망막을 잡아당기는 정신, 긴장 막막 눈의 바다

갑자기

가만히 걷고 있다가
갑자기 달리는 자동차 앞으로 뛰어들어
피비린내를 낸다. 머리가 깨지고 누런 뇌가 보인다.
한적한 도로를 자전거로 달리다
갑자기 무엇엔가 부딪쳐 내동댕이쳐진다.
뼈가 부러져 살을 찢고 이물스럽게 튀어나왔다.
묵묵히 걸어가다가
갑자기 앞서 걸어가는 여성의 치마를 올리고
강제로 팬티를 벗겨 내린다. 웃음 띤 입술 사이
흰 이빨처럼 희멀건 엉덩이가 햇빛에 번쩍인다.

아무런 일 없이 살아가다가
갑자기 자신을 끝내겠다고 결심한다.
맥박은 펄떡이고 심장은 단 한 번도 쉬지 않고 뛴다.
그 어떤 의지에도 아랑곳하지 않고.

단 한 번도 자기 자신인 적이 없었는데
갑자기 죽음이 너 자신을 집어들었다 내려놓는다.
그게 너란 걸 확인할 방법은 당연히 없다.
갑자기는 당연히였을까?

뭐라고?

나는 아무도 아니다.

그렇다고 죽음도 아니다.

나를 나라고 할 수 있는가? 나라고 알아챌 이가 없으니 그것도 아닐 것이다.

그렇다면 이건 무엇인가? 공간을 채우고 있는, 다른 것들이 들어설 자리를 빼앗고 있는 이 덜렁덜렁한 것은.

선생이었을 거라는 감각적 조짐이 볼을 차갑게 스치더니

구름을 밀어올리며 그보다 높은

실체감 없는 아득한 높이에서 숲을 내려다본다.

숲이었을 거라 추정되는 자리에 다양한 질감의

초록 계통만의 약간씩 다른 톤의 색실들로 촘촘히 짠 너른 카펫이 포근해 보인다.

벽이 없는 강의실이 강의실인가. 겨우 두 개의 벽이 있는데, 나머지 두 벽은 없어서 바깥이다.

바깥에서 온갖 소음들이 섞여 들어와

아무리 소리질러도 학생들에게 가닿지 않는다.

벽이라 생각했던 두 벽은 그냥 어두울 뿐

어디로부터 무얼 차단하는 벽이 아니다.

그 어둠은 차단은커녕 빨아들이는 것 같다.

내 말을 빨아들이고 학생들의 시선을 빨아들인다.

학생들을 흡입해버릴까 걱정된다.

그래도 꿋꿋하게 한 학생에게, 혼자 우뚝 일어서 있는 한 학생에게 소음을 이기려는 목청으로 힘껏 말한다.

학생이 답하는 것 같은데, 무슨 말인지 들리지 않는다.

가까이 다가가며 뭐라고, 다시 말하길 재촉한다.

학생은 소리지른다. 들리지 않는다. 뭐라고?

가까이 가보니 입만 벙긋거릴 뿐

소리를 입 밖으로 내놓지도 않는다.

손짓 발짓 얼굴을 붉힐 정도로 소리지르는 시늉만 할 뿐
이다.

말이 아니라 욕을 하고 있는지도 모른다.

미치고 환장할 노릇이다.

발작하듯 소릴 지른다.

빤히 보인다.

투명한 플라스틱 갑 속에 갇힌 파리 한 마리

발작한다.

빤히 보인다.

깨어나기 전까지 선생인 줄 알았다.

은밀한 투명무늬

내 숨소리 사이에 섞이는 낯선 숨소리.
누군가 있는가? 눈에는 보이지 않으니
없다라고 해야 될 텐데……
내 숨소리? 이게 내 숨소린가?
숨소리가 낯설다고 귀가 생각한다.
귀만 내 것이고 이 하얀 손이 이물스럽다.
손은 제 무게에 한없이 밑으로 떨어져내리고
결국 제 몸을 부수고 흩어지는 흰 물결로 날름거린다.

이렇게 나를 줄곧 바라보는 눈동자는 누구의 것인가?
눈은 내 안에 출렁거리는 물결만 바라본다.
유리를 투과하는 빛처럼 살과 뼈를 투과하여
끊임없이 움직이고, 뻗고 도르르 말리고 뱉어내는
바다, 눈은 바다가 지어내는 무늬만을 겨냥해왔다.
끝없이 명멸하는 반짝임.
어딘가에 부딪혀 찌그러지고 상한
너울거리는 두꺼운 물을 뚫고 바닥 모래에 너울거리는
빛과 무늬. 고통과 기쁨으로 애매하게 번지며
상심에 공명하여 증폭하는 투명무늬를
끈덕지게 바라본다.

이때쯤 바라보는 그 눈이 내 눈이었는지
지금도 내 눈인지 분명하지 않을 때,

숨소리를 의식하는 귀는 흰 물결로
거듭 튀어오르고 부글거리며, 조금씩의 공기를 소유하는
거품의 오른손 새끼손가락부터 엄지손가락까지
왼손 엄지손가락부터 새끼손가락까지 관절을
오므리고 펼치는 건반 위의 흰
소리의 이물감을 그 무엇도 그 누구의 것도 아닌
허공에 파종하고, 상심에 닿아 튀는 무늬들을
달팽이관으로 불러들인다.

나를 이해하는 법
―단순한 삽화

램브란트는 주기적으로 자화상을 그렸다. 일종의 자기에
관한 명상인데, 나이들어가는 자신의 인물 한편에 이율배반
적인 자아를 숨겨놓은 것이 그의 자화상의 비밀이다.

고흐의 자화상은 충동을 소화하는 것이다. 그런 의미에서
그의 모든 그림은 자화상이라고 할 수 있다. 〈까마귀가 있
는 밀밭〉은 그의 마지막 자화상이다.

베이컨 초상화들의 바탕은 검은색이다. 지우기, 두드리기
에 의한 흔적과 얼룩의 묘법은 잊고 있었다는 듯 검은색을
드러낸다. 검은색은 모리스 블랑쇼가 말하는 바깥이나 타
자가 아닐까?

슈만은 피아노 소나타 속에 자신을 떼어주면서 죽을 때까
지 조금씩 자신을 지워나갔다.

말러는 반대로 자그마한 육체 속 자신을 비루하게 지키면
서 자신을 갈아내는 광기를 믹서기에 집어넣듯 교향곡 속
에 털어넣었다. 그리하여 현대음악이 접안할 수 있는 포구
를 만들 수 있었다.

말라르메는 언어의 뒷면에 자신을 숨겼다. 피에르 불레즈
는 숨겨진 말라르메를 꺼내 음의 주름 주름에 겹겹이 칠해
〈말라르메의 초상〉이란 표제의 곡을 썼다.

문지 40주년 기념으로 김현 선생의 『행복한 책읽기』가 복
간되어(김현 선생이 돌아가신 후 초판본이 만들어질 때 교
정쇄를 보면서 나는 그것을 읽었다), 며칠 전에 그것을 다
시 읽다가 나는 화들짝 놀랐다. 이미 죽었지만, 죽음을 예견

한 자의 목소리가 살아남아 "아, 살아 있다"라고 결사적으
로 소리쳤기 때문이다.

나는 나의 죽음을 볼 수 없다.

나는 책상 앞에서 글쓰는 나를 볼 수 없다(글쓰는 나는 더
이상 내가 아니니까).

나는 산속으로 더 깊이 들어가는 내 뒷모습의 영상을 되
풀이해서 본다. 달려가서 추월하여 그게 나인지 아닌지 확
인하려고 아무리 애를 써도 끝끝내 뒤쫓아갈 수밖에 없는,

그것이 나의 불가능이다.

.다없수볼로바서로나를나는나

푸른 벽

가령 태백산 같은 높은 봉우리에서
바라보면 산들은 배 밑 파도처럼 발아래서 출렁인다.
나뭇잎들의 푸른 보리밭을 미는 바람 위로 벌거벗은 마
음이 뒹군다.

숲길을 걷다보면 산이 벽으로 막아선다.
재빠른 시선은 공제선에 올라
하늘에 팔 벌린다 그 너머의 시간을 향해.
푸른 산의 냄새, 휘감고 도는 구름 베일의 통통한 살.

그 벽에서 푸름이 번지며 반쯤 스며나오고 있는,
그것은 나였다!
안개 머리카락, 암벽 이마, 새소리 귀, 잎 손가락, 돌 발가
락, 수풀 숨은 샘 눈, 두근대는 벌레 심장……
내가 바라보고 싶은 나였다.
나를 유혹하는, 벌거벗은 산
나로서는 바라볼 수만 있는, 시선만이 잡을 수 있는 산이
었다.

날아간 시선은 날아간 시선일 뿐
걸음은 지금까지와 같이 이제부터
한 걸음 한 걸음
돌아온 시선은 돌아온 시선일 뿐

발바닥을 떠미는 메마른 흙
옷깃을 잡아당기는 덤불,
목마른 가시나무

지금은 지금.

마음을 들여다본다

마음을 들여다본다.
눈으로 들여다볼 수 없다는 것은 누구나 알고 있으니
발을 내밀어 디뎌본다.
그런데 너를 이렇게 들여다보는 것을
누가 보지 않을까?

길 아닌 곳으로 방향을 잡아
파고든다. 풀숲을 헤쳐나간다.
나무 뒤에도 숨고 두리번거리며
주위를 살피고 멀리 내다본다.

마음을 밟고 있는 몸 끝으로
삶의 비밀보다 더 깊은 곳에서
끄집어낸 것들을 떨어뜨린다.
너는 중얼거림 속에서 자기 자신이 되어 깨어난다.

저녁에

직육면체 콘크리트 단면 아파트 안
네모 창들에 불이 켜지면 훤히 보인다,
그들 각자의 네모난 삶,
소리는 들리지 않아 마치 하나의 스크린에
수십 개의 무성영화가 동시에 상영되는,
빛의 강약이나 점멸 등이 천 개의 텔레비전을
쌓아올린 백남준의 〈다다익선〉 앞에
선 것처럼 빛과 색깔의 광휘에 번쩍이는,
변화에 홀린 신기함에 놀란 아이의 눈들이다.

그때는 몰랐다.
어디 적당한 높이의 언덕이나 옥상에 서서
투명한 유리 진열장에 전시된 삶들을
바라볼 때 나는 가끔 그들의 내밀한
삶을 삿된 호기심으로 들여다보는 것인가,
(남의 사생활을 들여다보려는 못된
관음증적 버릇을 가진 도착적 인간?)
그러나 바로 지금 광속으로 알아차린다,

나는 내 머릿속의 불 켜진 방들을 들여다보고 있다는 걸.
아무리 해도 안 되는, 거기에 있으려 애를
쓰지만 여기에 있을 수밖에 없는 불가능을 품고,
도무지 안 되는 풀 길 없는 꿈 안의 사건들을 겪고 감지

─ 하면서
  그게 꿈인지도 모른 채 진땀 흘리는 꿈꾸는 사람처럼.

  그 방들 중에는 서류 가방을 옆구리에 낀 채 다소 풀린
  넥타이로 현관에 들어서는 사내가 있고, 주방
  가스레인지에 불을 켜고 커피포트를 올리는 여자가 있다.
  피아노 의자에 앉은 여인이 옆 테이블에 신문 펼쳐
  든 남자에게 이야기하는 방이 있다.
  한 방에는 소년이 있고 그 옆방에는 소녀가
  있다. 내 눈은 자동적으로 소녀의 방을 향한다. 소녀는
  막 보던 책을 책상 위에 펼쳐 덮고 의자에서 일어나
  거울 앞으로 간다. 거울 앞에서 머리를 빗거나
  화장할 걸 기대했겠지만 소녀는 입을 벌려
  말하는 듯하다, 거울에 비친 그 자신에게.

  소리는 들리지 않는다. 들으려 애쓴다.
  그 수많은 불 켜진 방 중에
  왜 유독 소녀의 방에 시선이 머무르는 걸까?
  왜 들리지 않는 소리를 들으려 애쓸까?
  아니다, 사실 나는 아직 불 켜지지 않은

  검은 방들에,
  나도 모르게 더 깊이 끌린다. 이 모든 방들이
─

기억을 펼쳐놓은 광경이라면 저 검은 방들은

망각인가?
아직 오지 않은 미래인가?

죽음인가?

아무리 기다려도 저 검은 방은 불 켜지지 않을지도 모른다.
거기에서 스위치를 올리기만 하면 될 것이지만
아무리 애써도 나는 여기에 있다,

어느 미지근한 한여름의 저녁에
불 켜진 방보다 검은 방에 애타는 내가 있다.

저녁의 노래

하루 중 가장 낮게 기운 마지막 빛이 수면을 때린다.
건반 위의 창백한 손가락들처럼 현란한 소리들이 튄다.
착란 차분 착란 차분의 반복 반복.
웃다가 울다가 웃다가 울다가의 반복.
링 위에서 빨간 권투 글러브의 타격 타격 충격 반복.
왜? 어떻게?라고 묻지 마라.
질문도 대답도 없는 고통을…… 바라
본다-바라볼 수 없다. 고통에서 빠져나갈 수는 없으니까.
숨쉴 공기조차 희박한 이 저녁 속에는 호흡의 자동 반복
이 없다.

서둘러 집으로 돌아와 익숙한 공기로 숨쉰다.
안정은 없다. 익사 직전에 수면 밖으로 튕겨나온 다급한
분출. 기도와 목구멍의 경련. 심장의 헐떡임이 있을 뿐.
화장실에서 볼일보고 손 닦고 나와도 안정은
없다. 방문을 여니 폭풍우 치는 낯선 복도.
암전 속에서 손으로 더듬어 복도 끝쯤에서 문을 여니 복도.
문 복도 문 복도 반복. 고통은 동어반복.
반복은 같은 유형의 되풀이가 아니라
미세한 차이의 여러 피나 신경들이 한꺼번에 뒤섞여 있
는 내면.

고통은 저녁. 뒤집어도 외부가 없는 저녁의 내면.

저녁 명랑 저녁 비극   —
고통은 비극적인가, 명랑한가?
저녁의 조용함은 없다. 끊임없는 도약이 있을 뿐.
난무하는 충동. 어둠이 온다.

조각가

거울 앞에서 목에 오일을 묻힌 뒤
양손으로 골고루 펴 바른다.
손가락이 흠칫, 목울대를 스치고
그 위에 다시 면도용 거품 목도리를
두껍게 두른다. 새파랗게 날카로운,
날카로워서 살을 파고드는 감촉이
거의 느껴지지 않을 정도의 예리한
칼을 목에 갖다댄다. 차가움, 살짝
소름이 돋았다 사라진다.

나무를 자를 때 거스러미가 남지 않게
절단면을 말끔하게 톱질하듯
손목에 힘을 주어 단번에 잘라낸다.

II

바닥. 무대. 조명에 의해 강렬하게 빛난다.

그의 머리가 놓여 있다.
깨지기 쉬운 석고 두상.

빛을 반사하는 뺨과 이마.
코, 반쯤 뜬 눈, 다문 입, 복잡한 귀.
아니다. 바닥에
그의 머리가 구른다. 화강암.
폐사지 깨진 돌. 잡풀 사이에 구르는 불두처럼.

지나가는 발들이 멈추어 머리를 내려다본다.
고개를 숙이고, 목을 늘여 찬찬히 머릿속을 들여다본다.

III

오른쪽 외투 주머니에서 손이 나와
잠시 허공에 머무른다. 손가락을 벌려
허공에 무슨 말인가 하려다 멈추듯
엉거주춤 손바닥을 보인다. 다시 뒤집어
바지 옆으로 가다가 검지와 중지로
재봉선을 문지른다. 거기 나불대는
실타래를 집어 당긴다. 실은 끊어지지 않고
늘어나 조금 길어진다. 손은 허공에
다시 잠깐 머물다가 지퍼 덮개를
지그시 누른다. 손가락을 펼쳐 거꾸로
쥔 부채처럼 흔들다 바지 천 위로

귀두를 몇 번 만진다. 천은 빠닥빠닥하고
천이 문지른 귀두는 갸웃한다.
놀란 듯 손은 다시 허공을 비행하다
멈춘다. 심장 위를 잠시 무겁게 눌러본다.

손은 주머니에서 빠져나올 때부터
그의 목 위를 훔쳐보는 듯했다.
손은 내심 그의 눈을 겨냥하고 있다고
없는 그의 머리가 생각한다.
없는 머리로 손을 조종해본다.
손은 망설이다 빠르게 주머니 속으로 들어간다.

왼쪽 외투 주머니에서 손이 나와
허공에서 머뭇대며 제자리걸음한다.
물에 빠져 허우적대는 듯하다.

그의 머리가 있는 바닥. 무대. 조명 바깥
두개골 어둠 속에서 어둠의 흰 이빨처럼
손은 소리 없는 고함,
아니면 미소 짓는 걸까?

아무것도 아닌

먼지의 정물

걸레로 먼지를 닦으려던 그가
먼지들 속의 먼지가 될 수 있을까
하고 입술을 달싹거렸다.

목소리가 아닌 입김 같은 것이었다.
밖으로 내뱉는 것이 아닌
차라리 안으로 말리는 들숨이었다.

그렇게 먼지는 그의 안으로 들어가
그는 먼지가 되었다.

저물녘, 먼지의 잔상으로 남는 침묵.

그녀는 곧

그녀는 곧 깨져버릴 것 같은 유리잔
그녀는 투명하고 불안했다
그녀는 수증기가 되고 싶어한다

흘러가는 것

그녀는 자신의 수줍음과 끊임없이 싸워야 한다
착륙등을 깜빡거리는 비행기
어둠 속에 버려진 느낌

그녀의 얼굴은 바라보는 자의 욕망을 상영하는 스크린
그녀는 깊은 곳에서 나온 사람 같았다

그녀는 거울을 본다
거울 안에
돌아올 수 없는 지평선 너머로
반쯤 사라지는 그녀를 본다

그녀가 없는 공기는 차갑고 고요하다

순간의 숲

필요한 것은 소리다, 숲길로 깊이 들어가면
고요의 암벽과 맞닥뜨린다, 길은 이미 숨었고
숨은 길을 찾기 위해 고요에 한 발짝 더 다가간다,
고요에 손을 넣어 더듬고 뺨을 귀를 댄다,
딱딱하지만 따뜻하고 수많은 균열과 홈집이 있는 고요,
고요를 올려다본다, 까마득한 하늘에 잠겨든다,
새소리, 새는 보이지 않고 가지에서 가지로
울창한 잎들 뒤로 소리가 숨어든다,
소리를 찾아 잎을 들추면 깜빡이는 벌레 소리,
번쩍이는 등껍질, 더듬이 소리, 거미줄,
거미줄에 걸린 나비 소리, 공중에
혼란한 정신의 날벌레 소리,
말하지 않는 나무의 곧은 상승과
균형 이루며 추락하는 나무 그림자,
초록과 고요의 틈새로 반짝이며
숲을 부르는, 없는 숲길을 부르는 햇빛 소리들,
바글바글 모였다 순식간에 흩어지는 고요들,
숲에는 소리가 고요에 뒤섞여 바닥에 고인다,
고요의 절벽에 보이지 않는 소리들이 메아리친다,
숲만 있고 소리가 숨고 햇빛이 짧게 공명하는 순간,

에델바이스

내설악 공룡능선 황색 돌들,
구름이 기댄 어깨 눈물에 젖은.
돌의 육체 옆에 잎의 육체
눈에 띄지 않게 숨은 에델바이스
가까이 너의 입술, 한숨이 빚은 잎과 꽃.

삶은 마술이다

영혼은 무엇일까? 달아나는 것.
접근하면 달아나는 고양이.
자기 자신에 대한 수학적인 저항.
인간 앞에 앉아 구석구석
신중하게 털을 핥아대는 고양이.

단순한 일상이 사라져가는 광기.
일상의 그 완고함을 다시 보여준다는
마술은 참으로 섬뜩한 키스군.
매혹적이고 순수한 소문. 이름 없는 물결.

마치 전신 교신을 하듯
그녀의 상상력을 놀랍도록 휘어잡았다.
그녀의 정신과 아름다움을 존경했다.
그녀가 사나워질 때 얼마나 아름다운가.

함께 풍경을 보며 서 있었다.
아름다움이 풍경을 담은 긴 눈꼬리로 그를 찔렀다.
그녀가 말했다. 마술은 거짓이에요.
단 한 번의 눈짓과도 같이 음악은 사라졌다.
삶은 마술이다.

단순한 삽화

"수긍할 수 없는데요."
소녀는 고개를 똑바로 쳐들고 말했다.
"무얼 수긍할 수 없는데."
선생은 감정을 억누르면서 띄엄띄엄 천천히 말했다.
선생을 쳐다보는 소녀 눈의 홍채는
갈색으로 원 둘레가 확장되면서 양귀비 꽃잎으로 빠르게
피어났다.
그 순간 누군가가 공기가 정체된 창밖을 내다봤다.
숲 오솔길 땅구멍에서 땅벌 한 마리가 빠져나오더니
날개를 비벼 펴고 날쌔게 꽃잎을 향해 날았다.

아무것도 쓰여 있지 않은 흰 종이

I

진공의 정점에 잉크 한 방울 떨어진다,
멈춘다, 집중한다, 동그랗게 팽창한다,
허공에 슬픈 가슴이 매달려 있다.
유리에 금이 갈 듯 바람이 세차게 분다.
물방울이 산탄처럼 공기에 박힌다,
때린다, 튄다, 은빛 살.
바람에 쇠창살이 녹는다,
살점이 찢긴다, 흰 눈보라.
세포 속에 숨은 작은 종들이
운다. 바람에 씻긴 종소리 바람에 실려
흩어진다, 멀어진다, 사라진다.
핏방울 속에서 흔들리는 종소리
멈춘다, 집중한다, 동그랗게 팽창한다.

공기 속에 소리 한 방울 떨어지고
멈춘다, 스며든다, 퍼진다.
시간의 목덜미에 산 채로 가죽이 벗겨지는 삶이 매달려
있다.
종소리 소리가 꽃 한 송이 송이로 핀다,
소리의 피부에 동그랗게 소용돌이치는 핏방울,
침묵 속에 핏방울이 정지해 있다.

어둠 속에 빛 한 방울 떨어진다,
흰 눈, 날개, 펄럭이는 보자기.

그가 문을 열자 그 방에 시체가 걸려 있다,

분홍색, 주홍빛, 선홍빛, 뼈를 감싼 고깃덩이.

가속 페달에 놀란 엔진의 눈으로 그것을 바라본다.

더이상 그의 육체가 아니라는 듯, 그의 살아 있는 육체
가, 더이상

그가 어떻게 할 수 없는, 그의 육체 앞에 서 있다.

그림자인가? 그림자라면 살아 있는 이 육체를 거느리지
않고

왜 허공에 매달려 축 늘어져 있는가?

살덩이가 내뱉는 분홍색 말들이, 귀에는 들리지 않는,

분홍색 외침이 그의 혀에 꿈틀거린다.

그의 목 위의 얼굴이 그의 머리를 올려다보고,

낯선 물질인 그가 내뿜는 냄새가 허공에 걸려 있다.

두개골에 움푹 꺼진 어둠이 피부를 물들인다.

그리고 뼈에 붙어 있던 살이 흘러내리고,

뼈가 조금씩 드러나고, 나뭇가지를 감싼,

분홍색, 주홍빛, 선홍빛 색깔이 말끔히 씻겨나가고,

어두운 열매로 부풀어오르는 어둠-나무,

밤.

어두운 방안에 심장이 들어 있다.

육체의 바깥을 한 번도 나가본 적 없는
심장은 희망도 절망도 없이 성실하다.

III

등뒤에서 들리는 소리.
문이 삐거덕 열리는 육체,
모래, 귀, 언덕.
가늘고 길게 자란 풀.
공기에 떠 있는 풀, 공기에 부딪히는 풀들,
모래 언덕에 길게 자란 마른풀들.
어두운 성당의 차가운 돌바닥에 무릎을 꿇고
상반신을 길게 엎드리는 마른 휘파람 소리.
등뒤에서 점점 다가오는 발등까지 빠지는 모래 언덕.
너머 그 어딘가에서 조금씩 불어닥치는 영혼.
슬픔의 육체. 발이 빠지고 무릎이 구부러지는 바람의 흔적.

모래 언덕은 소리를 파묻고 모든 사건을 지운다,
육체를 지운다, 그리고 아무것도 쓰여 있지 않은
흰 모래 위에 검고 길게 자란 풀을 세운다.
풀의 날카로움을 통과하는 모든 나부낌을
소리로 물들인다. 소리를 듣는 모래알 하나하나에
흘러내리는 모래 언덕 육체에,
산 채로 거꾸로 매달린
영혼의 마르고 텅 빈 풀들.

IV

들판에 서 있는 커다란 종,
주위에 그것만이 우뚝하여 멀리서도 보인다.
종소리는 공기를 타고 흩어지는 게 아니라
수액을 타고 휘돌다가 가지 끝에서 제각각 터진다.
자신의 몸을 차도르처럼 가리고 있는 잎잎들이
종소리다, 종소리는 제각각 그 모양과 색깔이
다르다. 한 그루의 나무는 하나의 개체가 아니라
한 무리의 종떼 같다, 수많은 소리가
화음을 이루며 여울멸떼가 한꺼번에 이동하는
바다의 장관을 이룬다.

손바닥으로 성냥불을 감싸듯 저녁의 꺼져가는
태양빛을 나뭇잎들이 감싼다. 노랗게 물드는
잎맥들, 수백 개의 불타는 종떼, 소리로
시간을 불태우는 촛불들 나지막이 흔들린다.
꺼져가는 시간을 은은하게 밝히는 종소리들이
공기를 환하게 물들였다가 어둠 속으로 사라진다.

짙고 깊은 푸른색 밤이면 소리는
멀리서 날갯짓한다, 그건 타음이 아니라
활로 켜는 음으로 나방처럼 속삭인다,

종은 그렇게 소리를 모았다가 순식간에
나방들을 날려보낸다. 나무가 이루는 아늑한
지붕들 아래로 수심 깊은 소리들이 범람할 듯
찰랑인다.

수백 개의 종, 소리들은 한 영혼의 시작보다 더 먼
이전을, 끝보다 더 오랜 이후를 볼 수 있는 눈이 있다.
아케이드 아래 몇 개의 생이 지나가는 오래된 나무,
들판에 서 있는 커다란 종.

* 이 시는 아르보 패르트(Arvo Pärt)의 I. 〈형제들Fratres〉(Violin :
Gidon Kremer, Piano : Keith Jarrett), II. 〈벤저민 브리튼을 추모
하는 성가Cantus in Memory of Benjamin Britten〉, III. 〈형제들
Fratres〉(The 12 Cellists of the Berlin Philharmonic Orchestra),
IV. 〈타불라라사Tabula rasa〉를 언어로 옮기는 불가능한 작업의 흔
적들이다. 제목은 'Tabula rasa'의 한국어 번역이다.

잡담

여럿이 수다를 떠는 중에 한 사람이 나를 바라보며 묻는다.

"산에 가는 걸 그렇게 좋아하는데, 산에 가면 어떤 점이 좋아요?"

"어떤 점이라기보다 어떤 순간이 있어요."

여러 눈동자가 모두 나를 주시한다.

"오래 걸어서 지쳤을 때, 더이상 걷기가 어려운데도 아직 가야 할 길이 벅차게 남아 있을 때요."

그 이유를 나도 아직 모르던 터라, 잠시 이유를 생각하며 틈이 생기자, 그걸 비집고 한 사람이 말한다.

"참, 이상한 사람이야! 지쳤을 땐 목적지가 얼마 남지 않았다는 것이 기쁨일 텐데……"

그 말이 우스웠던지, 아니면 멍한 내 표정이 우스웠던지, 나를 제외한 모든 입들이 폭소를 터뜨린다.

그러곤 곧 다른 수다거리로 몰려 다탁에 뿌려진 모이를 가운데 두고 둥그렇게 볏과 화려한 목 깃털을 모은다.

얼떨결에 이유를 말할 기회를 잃은 나는 혼자 속으로 외롭게 대답을 완성해본다.

("그때쯤이면 나를 잃어버릴 기회가 생기니까요."

"무아지경?"

"그것과는 좀 다른데, 텅 비어서 어떤 것이 들어와도 되는 자리가 생기는 거랄까, 뭐……"

"그게?"

"나를 대신하는 그 텅 빈 자리가 좋은 거겠죠.")

눈이 쓴 산문에 앉아

1) 아침부터 눈이 내리면서 하늘과 대기와 땅과 사물은 무채색과 기하학의 분명한 차가움과 마주친다. 투명하고 미끄러운 얼음판 위로 내린 눈은 정주할 자리를 찾지 못해 바람에 불리며
긴 치맛자락이 바닥에 닿을락 말락 하듯 사그랑사그랑 소리로 아주 조용히 속삭이며 부유한다.

2) 제각각 모양도 높이도 다른 돌들, 빈 가지들,
유난히 초록 광채의 조명을 쏘는 솔잎 주목 잎들이
모두 백색의 묶음으로 정진하는 평평한 정신이 된다.
백색 정신은 솟았다 꺼지고 감추고 드러내는 곡선의 흐름으로
들판과 시내와 산과 하늘을 하나로,
둥글게 뭉군다.

3) 눈의 처음에서 눈의 끝까지 발바닥으로 걷는다.
눈의 결정이 공중에 떠다니고 천천히 회전하며
땅에 내려 뭉군다. 퍼즐을 맞춰 하나의 스크럼을 짤 때
설악의 산길과 계곡, 절벽과 사면, 암봉 들이
발바닥과 무릎 허벅지에, 이마와 코 눈에 부닥치며
숨가쁘게 흥분하는 살아 있는 육체로 드러눕고 포옹하고
떠민다.

4) 어디까지가 땅이고 어디까지가 얼어붙은 물길인지 구분 없이 단순한 흰색의 평면 위로 움직임의 무게로 누른 발과 꼬리의 흔적인 점 점 점이 연결된 이동 경로가 끊어지면서 점 점 점은 검은 얼음 구멍을 따라 물속으로 사라진다.

단순한 흰색은 땅과 물과 얼음과 수달의 복잡한 얽힘의 복합을 덮고 단독으로 빛난다.

5) 눈과 눈, 눈과 눈과 눈, 눈과 눈들을 연결하는 회랑과 기둥들이

정교한 설계로 축조된 하얀 도시를

밟을 때

건축물이 부서지는 소리

다음에 발자국이 남는다. 어떨 땐 무릎 위까지 빠지며 허우적대다

깎아지른 단애로 둘러싸인 아득한 깊이를 남긴다.

6) 눈 그치고 구름을 빗자루로 쓸어낸 자리에 속이 들여다보이는 깊이가 만든 파란 빙판의 하늘,

햇빛이 보자기 펼친 눈밭, 흰 뺨에 피가 돌아 분홍 화색으로 떨린다.

흰 눈 산에 빽빽이 수직으로 선 나무 기둥만 대조적으로 검다.

벌거벗은 밋밋함보다 한 꺼풀 두른 에로틱함으로

— 눈에 덮인 산은 근육과 힘을 선명하게 드러낸다.

7) 주춧돌 위에 눈이 쌓이고 허공의 기둥과 눈의 기둥을
적절하게 세워둔
위에 눈을 허공과 버무린 서까래를 얹고
고요의 무한한 지붕을 펼쳐 얹으면 눈이 쓴 눈 글이 완성
된다.

8) 그 곁에 잠시 앉아 허기진 배를 적막으로 채운다.
멀리 눈길 닿는 데까지 아득히 내다보다 뒤돌아보니
사방에서 어둠이 몰려든다.

—

……가 되기를 거부하는 끝내 그 무엇도 아닌 것들

바다 쪽으로 둥글게 튀어나온 만이 있고(안면의 평면에서 튀어나온 코의 수직 돌출이 공중에 떠 있듯이),

바다가 있다.

때로 안개 낀 바다는 부드러운 입자의 늘어진(느린) 부유물로 흐르는지 정체된 건지 알 수 없을 때가 있다.

하지만 바다는 탁 트여 시위를 떠난 긴장은 허공을 가르고 날아 수평으로 늘어지며 다시 팽팽한 시위가 된다. 다시 그 시위에 눈을 얹어 쏜다면 긴장은 다른 수평선에서 긴장을 펼치며 풀어져 감기는 눈동자를 정확하게 맞히리라.

바다는 어느 한곳에도 집중할 수 없게 넓게 펼쳐진다. 간혹 섬이 눈길을 잡아당겨 섬섬섬, 말줄임표에 멈춰 사라지다가도 끊임없이 부서지는 빛의 산란 속으로 빨려들어가고 만다. 비늘이 반짝이는 바다 껍질.

사금파리의 절박함이 눈을 파고든다.

초점을 수평선 위 머나먼 구름에 맞추더라도 변방에서 시야 안으로 단속적으로 틈입하는,

바다가 되기를 거부하는 끝내 그 무엇도 아닌 것들.

시간의 끝이 얼마 남지 않았다

꽃병

저 꽃병은 자신이 흙이었던 때를 기억할까?
꽃은 산모퉁이에, 들판에
사라지는 목소리들로 사그라지고
꽃이 없는 빈 병이 아름답다.

죽어서 흙으로 돌아가는 사람들은
꽃병의 자매였다는 것을 마침내 알아챘을까?
아무것도 꽂지 않았을 때
비로소 자기였다는 것을 알고 있었을까?

죽음 다음에는 그 무엇도 없기에
눈에도 흙을 뿌리고
입에도 귀에도 흙을 채운다.

볼살 통통한 소녀 1

소녀가 잠잘 때 어두운 숲에서
샘물이 흘렀다. 견뎌내야 할 것으로
가득찬 삶이 공기에 끼어
콧구멍으로 잘 들어가지 않는다.
빨아들이고 내뱉는 공기의 덜컹거림이
소녀의 육체를 파고든다.
꿈에서 미끄러지지 않으려고 입은
벌어져 있었고 모든 구멍에서 솟아나는
성욕들을 다시 집어넣으려는 듯 팔은
껴안고 허리는 팽팽히 당겨지고 있었다.
청순하고, 순진하고, 호리호리하고, 소녀다운
자만으로 자신만만한 잠의 표정. 볼살 통통한
흰 들판과 어두운 물, 황량하게 드러나는
방종한 성기가 흰 면 팬티 안에서 활짝
피어났다. 오후의 긴 햇빛이 소녀의 맨살을
깊이 찌른다. 반사광은 없고 젖은 그림자에서
김이 피어오른다. 클로즈업하는 렌즈가
속삭였다. 깨지 마라, 권태롭고 지겨워!
쇠갈고리에 꿰여 전시되는 고기는
음악적이거든!
도살되는 잠.

볼살 통통한 소녀 2

맹렬한 사랑을 하고 싶어!
도톰한 주홍 벌어진 살코기 사이로
토마토소스 파스타 면발이 맹렬하게
빨려들어간다. 면발을 훑어대는
오므린 입술 누름에 튀어 입가에
콧등에 볼살에 파스타 파편이 얼룩진다.
손가락 끝을 빨고 숟가락에 묻은
소스 찌꺼기를 혓바닥에 문질러 닦는다.
맹렬한 사랑을 하고 싶어!
한입 베어 물 때마다 귀고리가
달랑달랑 지껄이고, 촉촉한 빵을 희게
드러나는 이로 끊어 자를 때
터져나오는 샌드위치 내장들. 혀로
휘젓고 침에 뒤섞여 입맛을 다시고,
삐져나오는 분비물을 아구와 입술로
바리케이드 친다. 불룩한 한쪽 볼, 손가락
끝에 묻은 것을 입속에 밀어넣고 맹렬하게
운동하는 입술 부근의 근육이 있다.
맹렬한 사랑을 하고 싶어!
숨가빠 몰아 내쉬는 숨소리. 탄력 있는
짐볼. 훑고 스치고 누르는 감촉. 탄성.
한숨. 불안정함. 입안에 넣고 내뱉기.
지압. 빨기. 균형. 매듭짓고 풀기.

움찔거림. 리트로넬로! 리트로넬로!　　　　　　　　　　—

벌거벗은 마음

거실에서 안으면 안 될까? 방은 덥잖아.
살이 닿고, 저 깊은 곳의 열기가 오가는 순간
저녁의 푸른 밝음이 커다란 눈으로
바깥의 허공에 걸려 있었다.
너무 밝아, 시선이 느껴져.
벌거벗은 살이 창 앞에서, 하늘 전체의
눈동자, 밝음 그 자체 세부의 환한
낱낱의 시선 앞에서 블라인드를 내리려 줄을 잡아당긴다.
블라인드는 갑자기 더 열리고 잠시 어떤 베일도 없이
밝혀져 추하게 느껴지는 벌거벗겨진 살.
황급히 다시 블라인드가 닫히고 몇 걸음
떨어져 그 광경을 바라보던 벌거벗은 살에서
열기가 빠지며 쪼그라든다.
뭔가 쓰려고 했던 종이가 머릿속에서
부스럭거리며 구겨져버린다.

*

손에 묻은 피.
피가 있어.
끝난 줄 알았는데……
그럼 가능하겠군, 처음으로.
소파에도, 바닥에도, 수건에도, 문틀에도,

발바닥에도 피가 묻었군.

자, 봐! 저녁에도 온통 피가 묻었어.
죽기 직전 생명의 찬란한 광도처럼
푸름이 검정 속에 파묻히기 전에
반짝, 붉게 빛났다.
뜨거움이 잠시 마음을 태웠다.

이렇게 잠깐
이렇게 적은 양에도
달아나며 숨듯이 흔적을 남기는데
살인의 흔적은 어떻게 그렇게
감쪽같을 수 있을까?

새벽의 노래

I
조용한 템포로

흐르는 물 위에 누워 흘러흘러 갔지.
시가를 입에 물고 파란 하늘에 구름을 그려넣었지.
구름이 말했지.
정신병원에서 시간은 어떻게 흐르던가?
모든 게 신경증이야. 마시는 물까지도.

시간 있을 때 하루종일 낚시를 가.
그리고 물가에 누워 있으라고.

물이 이렇게 말했겠지.
내 안에서 눈을 부릅떠봐.
감지 말고 감지 말고
떠오르지 말고

II
생기 있게, 하지만 너무 빠르지 않게

술책으로 늘어선 가구들. 느닷없는 이미지 삽입.
네가 알고 지내야 할 여자가 있지.
자신의 아름다운 외모에서 풍기는 강한 향기에
스스로 사로잡혀 있는 여자.

정절과 고귀함과 부드러움의 자세.
화장실 물 내리는 소리가 그치기 전에
미소 짓는 여자를 풀어헤치고 싶은 내장의 충동.
(*어느 정도까지 왜곡될 때, 사랑하는 존재는*
여전히 사랑하는 존재로 남아 있을까?: 밀란 쿤데라)

당신 속에 어떤 구체적인 것이 있나요?
개의 주둥이처럼 뻔뻔하게 아무것이나
건드리는 탐색하는 듯한 말투.
남자관계는?
도어록의 비밀번호를 안다는 걸 과시하는

깔보는 듯한 불쾌한 시선에도
다소 과장된 주의깊고 온화한 예절은
남편에게서 배운 것이겠지.

— 그들은 서로의 눈을 깊이 바라보았다. 언젠가 본 적 있지?

검은 눈이 계단 위로 어지럽게 날렸다.
희미한 흥분이 차가운 대리석에 스며들었다.
비록 현관에서 한 발짝도 들이지는 않았지만
또다른 남자가 그녀의 삶 속으로 걸어들어갔다

나온 흙 묻은 발자국을 그녀는 몰랐다. 언젠가 본 적 있지?
익숙한 정신병원의 현관이 떠올랐다.
미칠 것 같았다. 자신의 말이 부인의 환상 속에 어떤 격정을 일으켰는지
모르겠다. 술책으로 희미하게 빛나는 새벽이 있다.

—

III
생생하게

누군가가 그를 쳐다보고 있음을 알아차렸을 때
그 미소, 피에 굶주린 섬뜩한 미소.
그 얼굴, 방금 생쥐가 미끄러져들어간 구멍.

이 움직이고 살아 있는 것들.
부글부글 발효하는 정신은 비틀거렸다.

굉장히 아름다운 노란 빛깔의 손.
손가락 사이에는 무엇인가 쥐어져 있었고.
신발에 부주의하게 묻혀온 더러운 흙.

갑자기 멈춰 서서 생각했다.
우연히 단 한 번 봤을 뿐이다.
시간이 지나면 비정상적으로 갈망하게 된다.

잠자리에 들면서 아내에게,
내가 정신병자라면 당신 어떻겠어?

IV
격동적으로

다시 웃지 않을 수 없다.
새벽에 자기 엄마를 분석하지는 않아.
얘야, 여긴 정신병동이 아니야.
요양원이지.

무엇이 인간적인 건데,
새들의 형제가 되고 싶어?

입과 항문이 뭐가 달라.
둘 다 소화기관의 한쪽 끝이잖아.

지금은 안 돼, 내 사랑!
방안엔 웃음소리만 남았다.
그게 바로 인간적 삶이지.

V

처음에는 조용히, 그러나 점차 격동적인 템포로

오후의 햇빛과 긴 그림자, 느긋하고 평화로운 온기가 실내에 가득했다. 넓고 훤한 창 때문에 모든 것이 실제보다 약간씩 빛나 보였고 기분좋게 눈이 부셨다. (그러니까 나였군. 나는 나를 알아보는 투로 그렇게 느꼈다.) "차 한잔 주실 수 있어요?" 어린 소녀의 귀여운 목소리. 목소리만으로도 사랑의 감정이 솟아올랐고, 이 나이에 어린 소녀와 사랑에 빠지다니, 있을 수 없는 수치스러운 일이야. (말로는 순차적으로 내뱉었지만, 목소리·사랑·수치는 동시에 가닥 없이 뒤엉킨 채 불쑥 솟았다.) 망설이는 사이에 누가 오기로 한 사실이 떠올랐다. 그럼 되겠군. 셋이라면.

옆에 있는 찻잔을 들어 물에 부시려다보니, 잔에 흙이 묻어 있다. (이 장면을 알아보는 내가 왜 흙이 묻었지, 스스로 질문하는 순간) 소녀가 잔이 예쁘다고 말한다. "찻잔이 예쁘다고 말하기보다 공부에 더 신경쓸 때 아닌가." 소녀에게는 들리지 않게 나지막하게 혼자 웅얼거린다. 그러다가 보니, 찻잔이 놓여 있던 옆자리에 근사한 오디오 세트가 놓여 있다. 이건 셋째 형 건데, 내가 항상 부러워하던. (셋째 형은 이미 죽었지. 이제야 그걸 알아차렸다. 나는 나를 힐난하듯 내리깔았다.) 무덤에서 끄집어낸 걸까? 흙이 묻었다. 그래도 음악은 예쁘다.

멧돼지의 뭉툭한 코로 공기를 팠다. (나는 손도 없고 도구도 없는 사람처럼) 얼굴을 허공에 대고 공기를 파냈다. (나는 두려움 따위는 깔아뭉갤 정도로 복받쳐올라오는 굉장한 무엇이 내 속에 흘러넘치는 것을 바로 옆에서 육감으로 느낄 수 있었다.) 얼굴로 허공을 파냈다. 이미 죽어버린 어머니를, 이미 죽어버린 아버지를, 형들을 끄집어내리려고 얼굴로 공기를 파내고 거칠게 허공에 비벼댔다.

창밖 멀리에서 창을 통해 내가 그 광경을 봤을 때, 대낮에 음악에 취해 춤추듯 혼자 팔을 휘저어 지휘하는 나를 볼 수 있었다. 나는 배꼽을 잡고 웃지 않을 수 없었다.

* 이 시는 로베르트 슈만의 피아노 독주곡, 작품 번호 133 〈새벽의 노래〉를 언어로 옮긴 것이다.

부러진 쇄골

1. 자전거 바퀴

자전거 바퀴 구른다
거꾸로 달리는 강변도로에 부딪치며

도로 가장자리에 길고 깊게 팬 홈
미처 보지 못한 그 순간

바퀴, 홈에 끼어 멈춘다.
단숨에 안장이 던지고
몸은 공중에 뜬 볼.

가지에 잎은 연두색
강은 멈추지 않고 구른다

2. 부러진 쇄골

부러진 쇄골은 살을 뚫거나
신경을 깊이 찌를 수도 있다

경쾌하게 부러져 오래 덜렁거리는 나뭇가지

칼로 피부를 찢고
뼈에 붙어 있는 살을 섬세하게 떼어낸 다음
두 동강 난 뼈를 잇고
여러 개의 침을 박아 강철 지지대를 붙인 다음
살을 있던 자리에 골고루 펴 바른 뒤
피부를 덮고 열었던 자국을 꿰맨다

그동안 몸은 마취된 채
꿈 가까이에
죽음 가까이에
머문다

기다린다
강한 빛 뒤 어둠에서

3.

마취에서 깨어날 즈음
옆 침대 육십대 초반 아저씨들
당뇨 합병증으로 살이 괴사해
한 아저씨는 발가락 세 개를 잘라내고
한 아저씨는 뒤꿈치 썩은 살을 파내고

엉덩이 살을 떼어 메웠다고
두런두런 이야기하는 소리

부러진 뼈 주위에 신경이 돌아왔지만
신음을 참고 부릅뜬 눈 뒤에
감춘다

미지의 대륙

자기가 자기 머릿속을 들여다보는 방법에는 두 가지가 있다. 그중 하나는(고통을 좀더 오래 견뎌낼 수 있다면 비교적 쉬운 방법이다) 귓구멍으로 극소의 내시경을 집어넣어 머리의 내부를 모니터를 통해 보는 것.

*

황갈색 늘펀한 소똥, 흑갈색 펑퍼짐한 멧돼지 똥인가 했더니 움직임이 있다. 꼼지락거린다. 털실 공에서 다족류의 눈에 잘 띄지 않는 미세한 다리들이 눈에 잘 띄지 않게 재빠르게 노 젓는다. 지네의 다리들이 유리를 긁어대듯 눈동자 안쪽이 긁히는 소름. 커다란 털실 뭉친가 했더니 털 많은 뻣뻣한 실들이 단단히 감긴 둥근 실들 속으로 필사적으로 파고드는 형세. 수십 마리의 절지동물이 체절을 꺾으며 구부러지며 서로 부딪쳐 자그락자그락댄다. 수십 마리가 한 마리 생명체인 듯 납작해지며 둥글게 물결 지어 퍼졌다가 솟아오르며 부풀어올라 터질 듯 팽팽한 화농이었다가 순식간에 쪼그라들며 하얀 시트에 흠뻑 번진 핏자국으로 번들번들해진다. 다급하게 펌프질 해대는 핏빛 심장 덩어리. 고약한 냄새가 습하다.

*

다른 하나는 자기 머릿속으로 직접 들어가는 것. 이 방법은 모니터라는 매개를 통해 간접적으로, 시각에만 의존해야하는 앞 방법의 한계를 보완할 수 있는 장점이 있다. 다만 자기 머릿속으로, 그것도 자기 자신이 어떻게 직접 들어갈수 있느냐는 문제가 남는다. 상상력을 발휘해보라. 방법이없는 건 아니다. 최근 우연찮게 방법 하나를 발견했다. 잠이들어 꿈을 꿀 때, 꿈이 머릿속에 막 펼쳐지려 할 때, 꿈을 보려 하지 말고, 꿈의 이미지들을 지각하려 하지 말고, 눈 깜짝할 새(그건 이미 늦다), 눈 깜짝하기 전에 꿈속으로, 꿈 중으로 뛰어드는 것이다. 빛의 속도로, 꿈 깨기 전에. 물론 말처럼 쉬운 건 아니다. 타이밍이 절묘해야 하니까.

*

꿈은 생각보다 광대할 수 있다. 수천 킬로미터의 빙하를건너야 할지도 모르니까 눈썰매와 썰매 개들이 필요하다.

개들이 끄는 썰매를 모는 것도 쉬운 일이 아니다. 우두머리 개에게 사랑과 복종을 심을 수 있어야 한다. 바다를 건너야 할지도 모르니까 작은 고무보트도 필요하다. 잔혹함과 냉정함도 필요하다. 추위에 미쳐버린 개를 총으로 쏴 죽일 수 있어야 한다. 처음 보는 파도를 보고 놀라 끊임없이 짖어대는 개를 총으로 쏴 죽일 수 있어야 한다. 한 걸음 한 걸음 전진을 지체시키는 그 모든 것을 죽일 수 있어야 한다.

식량이 필요한 건 당연해서 말할 필요도 없겠지만, 도대체 얼마만큼의 시간이 소요될지를 모른다는 것이 문제다. 한 달…… 수개월, 일 년…… 수년……, 알 수 없다. 지도도 없다. 프로이트나 라캉, 올리버 색스를 떠올리는 분도 있겠지만, 꿈 해석, 정신분석, 정신의학, 신경학, 뇌과학, 심리학, 인지과학…… 등과 꿈 지형, 머릿속 대륙(대양, 해저, 우주, 분자, ……?)의 실제 탐사는 조금 다를 수밖에 없다.

실종되지 않고 살아 돌아올 수 있을까?

혹독한 추위와 동상, 설맹, 괴혈병, 움직이지 않으면 영원히 잠들어버리는 까무룩 탈진으로부터

살아 돌아올 수 있을까?

뾰족뾰족한 얼음산과 얼음산 사이 까마득한 낭떠러지로 추락하지 않고

실종되지 않고……

*

　첫 탐험에 머릿속 전체를 탐사할 수는 없다. 꿈을 통해 들
어갈 수 있는 머리의 내부는 전체의 아주 작은 부분일지도
모른다. 우선 '걱정'이라고 외부에 그 이름이 알려져 있는
미지의 대륙(이미지……?)을 탐험해볼 작정이다.
　잠잘 때, 절묘하게 타이밍을 맞출 수 있을 때.

사람은 죽는다는 사실을 잊어서는 안 돼

"나는 내가 밭에 양배추를 심고 있을 때 죽음이 나를
찾아오기를 바란다. 죽음에 무심할 때, 그러니까 죽음
보다는 아직 완성이 덜 된 내 정원을 더 생각하고 있을
때, 그럴 때 죽음이 나를 찾아왔으면 좋겠다."*

내가 아는 한 철학자 친구는
사람은 죽는다는 사실을 잊어서는 안 돼, 라고
틈만 나면 설파한다. 그래서 그 친구는
신문을 읽을 때 가장 먼저 정성 들여 읽는 기사가
부고란이라고 말한다.
그래, 맞아. 죽음 앞에서는 누구나 평등하지.
죽음을 떠올리면 누구나 겸손해질 수 있고,
죽음을 대신할 수는 없지만,
죽음에 가까이 간 사람을 위해
자신을 송두리째 내어줄 수 있는 것이 우정이고 사랑이지.
모두들 고개를 끄덕이며 수긍하지만
아무도 죽음을 입고 출근하지 않고
아무도 죽음과 얘기하면서 밥 먹지 않고
아무도 죽음이 보는 앞에서 섹스하지 않고
아무도 죽음 옆에서 잠이 들고 죽음 옆에서 깨어나지 않
는다.
심지어 심각하게 아프고 절망하더라도 죽음보다는

어떻게 하면 예전처럼 살아갈 수 있을까를 고민하느라 고
통스럽다.
　자살을 결심할 때조차 죽음과는 조금도 친숙하지 않다.
　내가 자전거 여행 때 만난 한 할머니는,
　사실 면전에서 그녀를 할머니라고 부르면 결례일 것 같다.
　올해 여든여덟의 그녀는 검은 선글라스에다
　붉게 물들인 머리에 헬멧을 쓰고
　자전거로 하루에 백 킬로를 달린다.
　어떻게 그렇게 정정하세요, 했더니
　댁도 정정한데 왜 내게 묻느냐고 한다.
　나이는 잊고 살아요, 한다.
　당연히 죽음도 잊고 살죠, 하며
　입가에 애교 있는 미소를 띤다.
　그때 하필 내 철학자 친구는 옆에 없었다.
　일 년 전 자전거 타다 부러진, 오른쪽 쇄골에 박아놓은
　철 핀 제거 수술 날짜를 받아놓은 터라
　이번 자전거 여행에는 아쉽게도 빠졌다.

                              *

자목련의 탱글탱글한 화염을 보고
누군가가 "지고 나면 지저분해"라고 말한다.

그 누군가는 분명 자기 삶의 노정 중간에서
시간의 끝이 얼마 남지 않았다는 것을,
자기 죽음의 지저분한 육체를 카운트다운하고 있는 것.

* 『몽테뉴 수상록』 중 「철학을 하는 것은 죽는 법을 배우는 것이다」
에서.

고양이

저녁이면 늘 하듯
그녀와 고양이의 바깥 산책.
고양이가 뒷발까지 아파트 복도로 나서는 순간
그녀는 장난하며 철문을 철컥 닫았다.

문이 다시 열리고,
놀랐지?
엄마가 널 버리겠어. 놀라긴!

그녀가 말한다.
좀체 오십 센티 이내로는 접근하지 않던 녀석이
옆에 겸연쩍게 앉아서는
빳빳한 수염을 만지게 하더라니까!

속은 멀쩡해서
이렇게 애교라도 부리지 않으면
자기를 내버릴지도 모른다고 생각했나봐.

(그건 인간의 터무니없는 상상)
고양이의 존엄이 저녁을 흔드는 것일까?
공기에 미세한 파문이 일렁인다.

검은 사슴

새벽 숲에서 검은 사슴과 마주쳤을 때
검은 사슴은 몸을 정면으로 돌려
몇 그루 나무의 검은 수피를 지나,
떨리는 가지와 잎을 지나,
똑바로 인간의 눈을 응시했다.

그 짧은 시간
꾹 다문 입 위 촉촉한 검은 코와 콧김.
유선형의 얼굴 양쪽에 큰 나뭇잎처럼 펼쳐져
잎맥이 도드라진 실핏줄 선명한 두 귀. 이마 위
활활 타오르는 불의 기세를 꺾어다 붙인 빛나는 두 뿔.
무엇보다 바닥 모를 깊은 수심의 검은 눈동자가

인간의 두 발을 꼼짝 못하게 멈춤 속에 붙잡아두었다.
주위의 모든 나무들이 그를 옹립하며 수직으로 서 있었다.
검거나 회색인 나무줄기에 번져가는 녹색 잎들의 부드러
움이
그의 마음의 배경이 되어주고 있었다.

렌즈가 나뭇가지들을 헤집을 때
쓰러져 있던 한 나무가 일어서듯
갑자기 또다른 사슴이 일어섰고
둘은 화들짝 산 아래로 사라졌다.

(해칠까 무서워 도망간 거라고?
 그건 인간의 터무니없는 상상)

검은 사슴은 이렇게 말했을 거다.
새벽의 영역에 들어오는 걸
허락하겠다.
저녁에 다시 인간의 영역으로 돌아가는 걸
허락하겠다.

죽음은 비교할 수 없다

이상하게 들릴지 모르지만
가까운 사람이 죽어 곁을 떠날 때보다
키우던 집짐승이 죽어 곁을 떠날 때
더 슬프다.
알고 지내던 스님이 말했다.
그건 받은 것보다 준 게 많았기 때문이라고.
듣는 순간 확 오는 게 있었다.
사랑은 받는 것보다 주는 게 훨씬 크지(?)

살다보면 인간이 참 싫어질 때가 있지.
그런 때, 세상사 꼬이고 맘대로 안 될 때
옆에 있는, 인간사 밖에 있는 짐승에게
이해되고 위로받고 있다는 느낌!
이상하게 여겨질지 모르지만, 사실이다.

그러다 문득 드는 생각.
그게 인간의 죽음이든 짐승의 죽음이든
죽음은 비교할 수 없다는 생각.

오래된 나무

오래된 나무의 갈라진 상처,
가지가 뻗어나왔을.
잎의 반짝이고 그늘진
새로운 삶을 만들지 못하고

상처로만 기억되네,
생명이 펼쳐지지 못한 실패로만.
그러나 실패한 상처
그게 없었다면 이 거대한 나무
한 나무의 가지에 불과할 것을,

한 생명의 도약으로 기억하네.
오래전 분리와 창조를 증명하고
탄생의 실패를 증명하네.
우리 모두 한 어미의 자식임을
증명하는 탯줄 자른 상처,
배꼽의 흔적처럼.

오래된 나무의 갈라진 상처.
나는 나이면서 어미의 몸에서
갈라져 나온 한 가지이고
인간이란 오랜 나무의 한 잎일 뿐.

근데, 시간은 있나?

사랑 고백 한 적 있었지, 늘그막에,
앳된 한 소녀에게, 제자에게
(어떻게 그럴 수 있나? 요즘
미디어에서 시끌벅적한 늙고 추한 욕망들,
앳된, 아무것도 모르는 제자를, 선생
이라는 힘으로 불어제끼는, 마구
흐트러지는 수풀과 그 가련한 침묵
아래 아무렇게나 떨어져 흩어지는 잎새들
눈에 보이지, 그 일그러진 거울 속에 네 영상,
비추는 거울을 탓할 텐가?)

난 여자를 사랑한다네, 내 욕
망은 여자가 되는 것 (다시 태어
날 수 없으니 자기변명? 합리화?)
나는 앳됨을 사랑하고 내게
사랑이란 사랑하는 사람을 산다는
것, 소녀로 살아가는 것이었네.

(누가 그걸 믿고 들어주겠나?
늙은이의 후안무치한 욕망,
시쳇말로 늙으면 늙을수록 물욕,
색욕이 커진다잖은가!)
그래, 노욕이었네. 그래도 순진한

짐승이라고 불러주게, 기괴한 육식 식물은 애칭이 아니지. ―

식물의 마음으로 동물을 살아가는 건
불가능하지, 앳된 소녀가 된다는 것,
생각, 꿈꾸는 것만으로 불가능하지,
모래밭 위에서 수영 폼 익힌다고 가능하겠나?
물속에 뛰어들어 한 물결 두 물결을 헤엄치고
한 파도를 딛고 두 파도를 딛고
그렇게 층층의 파도를 살아 올라갈 수
없다면, 다시 살아야지, (근데 시간은 있나?)

그 이후가 있을까?

저 물속에

물속에 남겨둔 사람들을 위해
숨을 참아본다.
영영 숨쉬지 않을 수는 없어서
네 번을 두 번으로, 세 번을 한 번,
다섯 번 숨쉴 것을 두 번만 쉰다.

오늘 나는 물에 빠져
숨막혀 죽을 사람이 되어
살아본다.

물에는 문이 없다.
비상구도 없다.
들어갈 수도 나올 수도 없다.

그래도 소릴 질러본다.
누군가 들어줄 사람에게 말을
걸어보는 것이다. 저 물속에
바다를 지배하는 고래들처럼
신호를 보내보는 것이다.

소포

어머니가 돌아가시고 난 후
내게 후회가 생겼다.
그 후회가 마음을 아프게 한다.
몇 년이 흘렀지만, 해가 갈수록
그 후회는 더욱 또렷해진다.

어머니가 돌아가시고 난 후
남은 형제들이 모여 유품을 어떻게 할 건지 의논했다.
형은 어머니의 사진을 가졌다.
형수는 어머니가 보던 텔레비전을 가졌다.
누나는 아무것도 받지 않겠다고 했다.
나는 어머니가 입던 작은 오리털 잠바를 받았다.
나는 그 잠바가 작고 여성용이라 입지 못한다. 하지만 나는
겨울날 추운 책상 앞에서 그 잠바를 입고 책 읽는다.

　어느 날 나는 문득 그 후회가 어머니가 보낸 편지가 아닐
까 생각한다.
　그 멀리에서도 어머니는 잊지 않고 편지를 보내신다. 시
골 작은 우체국에서
　잠바를 넣은 예쁜 소포를 저울에 올려놓는
　가냘픈 매듭 같은 춥고 하얀 손가락을 생각한다.

꿈

발길이 뜸한 외진 곳,
말라가며 지난날의 제 삶의 수위를
천천히 황폐하게 드러내는 작은 웅덩이.

얼마 남지 않은 물을 퍼낸다.
꼼지락거리고 오물대는 이름 모를
미생물들의 근질근질함 때문도 아니고
강아지풀에 부딪는 공기의 미세한
흔들림의 영상을 붙잡으려는 것도 아니고
얼마 남지 않은 저 뻔한 바닥을 보려는 것도 아닌데,
보이는 것 너머 뒷면을 알아보고 싶은 것일까?

꿈이 있다. 오목한 곳.
외부로부터 몰래 숨겨진 곳.
키를 넘는 푸른 보릿대들이 잎사귀처럼 촘촘하고
까끌함, 바스락거림에 숨죽이며
밖으로부터 더 깊이 들어간 곳.
밖에서는 보이지 않는 보리밭 내부
넘실대는 청보릿대를 파낸 웅덩이,
누워 웅크려 하늘을 본다.
종달새 알을 찾으러 간 게 아니라
종달새 알이 되어 드러누운,
고독과 고요함에 귀가 간지럽고

눈을 감을 수밖에 없는 곳. ——
수백 년 된 나무의 몸을 조금씩 파고드는
톱날들이 나무가 쓰러지기 전에
마침내 나무의 꿈을 알아채듯
꿈에 담긴 넘실대는 청보릿대 웅덩이를,
그 장면에 담긴 꿈을,
마침내 꿈이 알아낸다.

두 장면

I. 물위에 새긴 장면

그때 왜 꼼짝할 수 없었는가?
발을 받치고 있던 모래들이
슬금슬금 물에 쓸려가고
몸이 조금씩 가라앉아 입속으로 콧속으로
숨쉬는 공기 대신 물이 침입할 때
왜 허우적거리지 않았는가?
유속이 그렇게 빠르지도 않았는데
충분한 시간이 있었는데도
왜 자신을 살리지 않았는가?

마지막 장면, 남기지도 전하지도 못할
마지막 장면을 물속에 새기며,
새긴다는 의식조차 물에 휩쓸려 떠내려갈 때까지
살아 있으려는 안간힘보다 황홀한 무엇에 붙들린 채.
건져낼 것도 없이 물은 흘러간다,
흘러간 물 뒤에 흘러갈 물 뒤에 새로운 물 뒤에 또 새로
운 물, 물

순식간에 지나가는 물, 은 없다.
새기지도 못한 새기지도 못할, 보지도 보았다 할
마지막 장면도, 없다.

II. 들판에서

들판
떠나온 마을은 멀고
집은 가까운 듯 멀다.
언제나 공기 속에 빠져 살면서도
숨쉴 때조차 그것의 있음을 모르고 있었는데,
지금 공기는 거센 물살처럼 한 방향으로 흐른다.
풀들은 뿌리에 매달리며 납작 엎드리고
땅은 가장 바깥 살부터 깎이고 깎아내며
어떤 중심을 향해 주먹을 꽉 쥐듯 단단히 웅크린다.
언제나 자신인 바에 몰두해 있던 돌멩이는
멈춤에서 날개라도 끄집어낼 듯 꿈틀꿈틀하고
몇 개는 도움닫기 하듯 뛰다 멈추고 뛰다 멈춘다.
두 다리로 버티기도 힘든데
무섭게 떠밀려가는 물살 속에 한 발을
내디뎌야 한다. 멀리 버티던 나무가 휘다가못해
잡아당겨져 한껏 늘어났다 무서운 소리와 함께 튕기듯 제
자리로 돌아온다.
누가 거세게 던진 돌팔매인가?
새 한 마리, 시선 안에 까만 점으로 떠올랐다,
사라지는 순간도 없이, 없다.
버틸 수 있을까?

自기 자신일 수 있을까, 어디까지?
집은 멀고
떠나온 마을은 가까운 듯 멀다.
들판

도시 외곽의 시간

땀이 흐르고
두 숨이 섞이고
두 육체를 하나로 반죽하는 따가운 햇빛.
손바닥을 치우면 잠깐의 눈부심을
밀치며 두껍게 가라앉는 그림자.
눈앞에 노란색 공기를 푸르게
물들이는 비목나무의 긴 팔, 예민한 잎들.
날벌레가 솜털에 앉으려다 날아가고
귓속으로 이명처럼 파고드는 날갯소리.
파리들이 눈꺼풀 위, 콧잔등 위, 팔등 위의
땀에 끈질긴 발들을 적시고
모기가 빛이 닿지 않는 숨겨진
어둠에 주둥이를 깊이 박는다.
바람이 불지 않는다.
맥박 소리와 심장 소리만이
고요를 부수어 잘게 조각낸다.
허리가 휘는 등고선
먹먹한 하늘 바닥 모를 깊이를
배경으로 게으른 구름 몇 조각.
수액을 말려버린 잡풀들이
깡마른 몸을 부딪친다.

언니 뭐해!

아무리 빨라도 열일곱 시간은 산행해야 하는데
너무 늦게 출발했다, 아침 일곱시.
늦어도 새벽 네시에는 출발해야 했다.
물 이 리터, 간식, 주먹밥, 방풍 재킷
그것만으로 무거울 리 없지만, 무겁다.
죽음 시 마흔아홉 편이 든 시집을 넣고
쉴 때마다 한 편이나 두 편을 읽는데,
읽어도 읽어도 줄지 않고 더 무거워진다,
물은 마실수록 빠르게 가벼워지는데.
바위 절벽 끝 날카로운 바윗길을 빠르게 걷다
한순간 균형 잃고 저 아래 낭떠러지로 떨어질 뻔
죽음 시들이 잡아당기나
죽지 않고 발목 접질려 절룩이며
지도에 희미하게 숨은 탈출로를 탄다.
가파른 내리닫이 돌길만 삼 점 오 킬로,
마을에 닿을 수 있다, 마을이 있다면.
산 숲은 어둡고 마을은 인적 없다.
바람이 오후의 평화로운 나뭇잎을 흔들 뿐
과수원 사과나무를 위해 틀어놓은 라디오에서
유행가들이 흩어지며 고요를 더 무겁게 끌어 앉힌다.
어디쯤이라고 특정할 순 없지만
산길이 끝나고 마을이 시작하는 어느 지점에서
시간이 움직이는 게 보일 듯한데, 나는 사라진다.

건너다뵈는 맞은편 육산이 압도한다.
햇빛 조명을 받아 유난히 밝게 반짝이는
산의 등성이와 윤곽, 적당하게 먼 거리가 만들어내는,
산을 뒤덮은 나무숲들의 밍크 털 부드러운 감촉,
언니, 이것 좀 해줘.
마을길로 접어든 내가 등뒤로 거울에 비치자
그녀는 내 쪽을 돌아보지도 않고
엉덩이 위쪽부터 목덜미까지 단추가 풀려
옷이 벌어져 미끄러져내릴 듯한 맨등을 건넸다.
몇 초 전에 건너다봤던 햇빛 품은 산을 덮어씌웠던
눈부신 빛이 매끈한 맨등과 거울에
빛나는 황동 판을 덮어씌워 시야가 뭉개진다.
언니 뭐해!

연두

꽃 떨어진 지점에서 연두색의 목소리들이
속삭인다. 하나의 속삭임에 다른 속삭임들이
두르고 겹치고 섞여서 오묘한 화음의 합창을
듣는 듯하다. 저수지의 수면으로부터 거대한
한 장의 유리창을 떼어내 허공에 건 듯
부서지지 않고 온전한 하나의 연두색 소리다.

눈으로 듣는 이 소리들은 시간을 굴릴 때
진동하는 힘이 느껴진다. 인간이 아닌 것들에서
인간 쪽으로 관통하는 무엇이 있다.
그때 시간은 한없이 투명해져 흙을 들쑤시거나,
돌 밑을 파고들며 흐르는 물이 되거나, 하늘이 되어
공기의 깊은 수심에서 떠올라 수면에 닿으려 하거나,

연두색으로 퍼져나간다. 퍼져나가면서
(빈 가지의 새 움들이 갓 태어난
채 눈 못 뜬 강아지의 입을 하고 파고든다
어미 배의 축 늘어진 하늘의 젖꼭지를 향해)
겹쳐지고, 제자리걸음하고, 덧붙이고, 반복하여
초록이 된다.

과일

열린다. 가지에 노란 감.
가지에서 출항 땅의 정박지로 운항하는 배가 열린다.
가지 끝에 목을 걸고 공중에 멈추듯 사과가 열린다.

칼이 과일을 여는 게 아니라
칼 앞에서 여자처럼 과일이 열린다.
과일 앞에서 입술이 열린다.

열린다
의 목소리(종이와 시선의 목소리를 제거한).
목소리에서 과일이 열리듯 가시철조망이 뻗어나와
가둔다

철조망을 열고 싶은 눈동자가 바깥에 있다.
갇힌 눈동자가 철조망 바깥의 눈동자로 열린다.
눈동자에 열린 눈동자, 홍채 바깥의 섬유질이 희다못해
푸르다. 점점 커지는 푸른 물의 내부로 빨려들어 소멸한다.

과일의 목소리, 섬유질의 향기.
과육의 음악이 열린다.
음악이 묻은 입술의 수수께끼.

회귀

애초에 모르고 그 길을 갔다고 할 수 있을까?
반은 몰랐고(아는 길을 왜 가겠는가? 가야만 하는
목적지가 없다면) 반은 끌어당겼다. 어둡고 서늘하고
흡입하는 구멍 터널, 귓구멍에 뿌리내리며 안면 피부
바로 밑에서 얼굴 전체 퍼져 피어나는 정체 알 수 없는
휘파람새 홀리는 소리, 가면 갈수록 좁아지고
인적 사라지는 숲 기둥 잡목림.

'출입 금지' 표지판도 없고, 길은 있었다.
풀이 자라 덮고, 굴러떨어진 돌들이 혀에 자란 종기처럼
걸렸지만 자전거 바퀴가 울퉁불퉁 요철에 충격받을 때마다
엉덩이에서 등줄기를 지나 후두엽에 이르는 전선에 순간─전기가
흘렀다. 머리와 척추에 불이 켜졌다 꺼졌다.
어느 해에 산사태가 있었나? 충격과 폭발이 있었고
산의 일부분이 날아간 궤적을 따라

유성 꼬리처럼 흙과 돌들이 반짝이고, 길은 검은 바탕으로
사라졌다가, 거울에 비치듯 떠올랐다. 바퀴는 길을 따라
굴러가는지…… 자전거는 허공을 유영하듯 흘렀다.
축축한 바닥을 배경으로 흩어진 돌들은 햇빛 받아 반짝이고,

그 별들 사이를 빛을 쏘는 바큇살이
나타났다 사라지는 혜성의 궤적을 남겼다.

좁아지던 길은 점점 좁아지고, 안장에서 내려 고삐를 잡
고 끌었다.
길을 피해 뒷다리로 버티는 자전거.
한쪽은 키 큰 편백나무 다른 쪽은 조릿대 줄을 선다. 길
위로
골풀이 마구 자라 길을 덮고, 산죽 면도날 잎이 살갗에 따
가운 무늬를 긋는다.
스스스, 냉혈 뱀 소리로 우는 바람, 인가했더니 누군가의
뜨거운 날숨 소리,
긴장한 눈으로 천천히 둘러봐도 아무도 보이지 않고,
낮게 헉헉대는 숨소리가 뺨과 뒷덜미에 들러붙는다.
누군가가 머리에 접속하여 '곰'이란 단어를 입력한다, 곰!
설마, 아니겠지, 머리가 망설이는 그 순간에도 엉덩이는
안장에 오르고
발은 무거운 페달을 더 무겁게 누른다. 가파른 언덕길을
오르느라 허벅지 근육이
돌보다 밀도가 높아지고, 타이어는 땀 흘리는 젖은 길 위
를 미끄러지며, 흔들리며, 균형 잡고 허둥대고 조금씩 전진
한다, 머릿속에 뇌를 짓누르는 들어찬 곰으로부터.

― 길? 그것은 잡목숲이 없을 뿐,

검은 진흙탕, 웃자란 풀덤불이 라인 표시를 한, 돌조각 병조각, 모래 시멘트 햇빛,

뾰족한 파편들이 곧 분출할 땀띠 분화구들로 울퉁불퉁 뒤덮인 피부였다.

펑크, 바람은 빠져 달아나고, 길은 끊어졌다.

길 너머, 숲 덤불이 어둠 구멍으로 내다본다.

"너 들어올 수 있어, 이 구멍으로, 이 구멍 안에 까치독사도 있고, 땅벌도 있고, 모기도 있고, 거미도 있지 아마, 그게 내 눈이고 촉수야, 잘은 모르겠지만 그 이상의 섬찟한 해충이 있겠지 아마"라고 말하는 입이었다.

그 덤불 구멍은 곰 털의 억센 뻣뻣한 어둠으로 "가끔 곰도 튀어나오지" 말한다.

스마트폰을 켜고 지도 검색, 평화로운 평면 그림 속에선 일 킬로 더 전진하면 벗어날 수 있다고.

"지금껏 내가 앞장섰으니 네가 앞장서" "너보다 내가 덜 살았으니 네가 앞장서는 게 공평해" 주저하다가 구멍 안으로 들어선다.

자전거를 역기처럼 치켜들고 숲의 어두운, 미끈미끈하고 질깃질깃한, 창자 속 더 깊은 곳으로 이백 미터 전진.

두께 한 팔 반은 될 아름드리 낙엽송 키 큰 나무가 뿌리째 수평으로 길게 넘어져, 전진은 벽에 부딪쳤다.

―

회귀,

아는 똑같은 길을 되짚어 돌아가는, 흥미 없고, 지루하고, 맥빠지고 힘만 드는 회귀?

그러나 무언가 다르다.

'출입 금지' 표지판도 있고, 그 옆에 '위험! 곰 출몰 지역' 표지도, 작은 글씨로 '3년 전 산사태, 복구 불가능, 낙석 심한 위험 지역으로 길 폐쇄'

무언가 다르다.

장소만 원점일 뿐 시간은 다른 시간.

오를 때의 나와 지금의 나는 질적으로 다른 나.

공전 궤도가 같아도 위성은 시시각각 수많은 사건을 겪어 내는 그때그때 다른 별.

(원점으로 다시 돌아왔으나, 시, 소설, 책 안에서 한동안 살다 같은 책상 앞에 돌아와

책을 덮는 것 같은, 영화 속에 들어갔다 나온, 음악 그림 속에서 한바탕 살다 돌아오는 회귀,

니체의 영원 회귀처럼 무언가 다른 존재의 생성)

더 이상 내가 아닌 솔개가 되어, 날갯짓 한 번에 더 이상 날갯짓 없이,

꼿꼿하게 종이로 만든 연, 팽팽하게 날개를 펼치고 바람

― 을 탄다.

가까이 직선으로 긋는 먹선으로 빠르게 지나가는 물체
와 바닥,

멀리 나무와 산의 초록, 평온한 하늘과 구름, 바퀴가 속
살대는 소리.

핸들 바 위에 어깨를 한껏 펼치고 깃털깃털 사이에 바람
을 한껏 집어넣어 부풀리며,

심장과 가슴, 뱃구레에 바람을 잔뜩 받아 돛을 펼치고, 곡
선의 등으로 아름답게 지탱하며

한층 짱짱해진 의식으로 몸으로

공기의 대양을 소리도 없이 미끄러지듯 날아간다.

공포, 불안, 위험의 반대편으로, 이 세상 너머가 보이는 일
상의 테두리 끝까지,

구심력에 맞서는 원심력으로, 무질서 무의식의 시위를 떠
나 쏜살같이.

―

돌을 이해하는 법

완전한 어둠에 둘러싸이는 것. 그 어떤 외부도 내부도 없는 암흑이 되는 것.

암흑은 그저 암흑이기 때문에 더이상 암흑이라고 할 수 없다. 알 수 없음이고 무이다.

암흑은 무로 사라지지 않기 위해 빛이 필요하다. 암흑뿐인 데서 빛은 어떻게 나타날까?

암흑은 암흑이 사라지는 구멍, 암흑은 암흑이고, 모든 것이 사라지는 구멍.

그 구멍이 암흑을 바라보는 암흑의 빛이다.

빛과 신체가 부딪혀 눈을 만들어냈다면

암흑은 사라지지 않기 위해 암흑 마개가 된다,
욕조 밑바닥의 검은 고무마개처럼.

사라지는 구멍을 막는 암흑은 암흑을 바라보는 눈.

극도로 차가운 빛

꿈에 크비퇴위아섬에서 죽은 살로몬 앙드레가 다가왔다. 그의 배경에 밝게 빛나는 푸른 유빙들이 맑은 침묵 사이로 깊은 신음 소리를 냈다.

깊이는 수심의 내부에 닿았다 되돌아오는 깊이겠지만, 몸의 내면의 깊이이기도 했다. 밝게 푸른 유빙은 내면의 극야에 맞서는 두려움과 떨림이다.

얼음의 푸른빛.

내부의 한 지점이 차갑다.

꿈속에서도 어떤 정신이, 어떤 집요한 의지가 차가움의 중심으로 달려든다.

얼음의 결정 속으로 파고든다.

푸른빛의 심지와 맞닥뜨리겠다는 듯.

정신은 곧 얼어붙는 북극의 빙해로 빠져들 것이다.

그 이후, 그 이후가 있을까?

1897년 7월 11일 살로몬 앙드레와 그의 동료들은 스피츠 베르겐의 거점에서 열기구를 타고 북극으로 비행했다. 열기구는 북위 삼십팔 도의 저편 빙하 사이에 떨어졌다. 그들은 비상식량과 장비를 실은 썰매를 몸에 묶고 빙하 위를 걸었다 방향도 모른 채. 그들은 마침내 크비퇴위아섬에 도달했지만 한 명이 죽고 또 한 명이 북극곰에게 처참하게 먹혔다. 그리고 살로몬 앙드레도…… 그리고 삼십삼 년 후 세 명의

비행사는 시신과 일기, 사진첩과 함께 노르웨이의 물개 포 ─
획선의 선원들에 의해 발견됐다.

"여기 북극해에서 떠다닌다는 것은 정말 이상한 일이다."
  언제 어디서나 여지없이 정신의 풍경 같은 이 말은 꿈에
살로몬 앙드레가 한 말인가, 내면의 한 지점에서 떠다니는
얼음이 에워싸는 극도로 차가운 빛의 집요함인가?

재채기

(밥 먹다 말고 숟가락 든 채 딴생각한다)
그때 눈빛은 바깥 대상으로 날아가 부딪혀 반짝이지 않고
(여름 저녁 햇빛에 반짝이는 하루살이들)
눈동자 뒤편을 비춘다. 안은 어두울 수밖에 없는데,
그렇다고 눈빛에 시신경과 뉴런, 두개골이 조명 받아 환
해지지는 않는다.

눈빛은 이곳과는 딴판인 다른 곳에 있다.
(숟가락을 든 시간여행자)
없음은 무가 아니라 다른 곳에 있음이다.

*

침묵은 없음과 자매인 것 같다.
침묵하면 세상과 격리된 수도원의 엄격한 생활과 차가운
정신이 생각난다.
(안에 있는 것이 그냥 있는 것이 아니라 숨겨져 있을 때
내밀함은 생긴다)
내밀함은 들이쉼이 아닌 내뱉는 숨이다.

침묵은 내뱉는 숨이다.
숨은 차가움에 닿으면 입김이 된다.

수도원의 내밀한 삶은 침묵이다.
(돌벽을 적시는 입김)
삶이 없는 것이 아니라 말이 없다.
(규칙적인 기도와 서성임)
침묵은 (소리)없음이다.

*

언어는 그냥 있음인데
눈빛에 부딪쳐 없음이 된다.
종이 위의 흔적들은 눈빛의 작용으로 육체를 공명시키고,
육체는 없음으로 팽창하는 풍선이다.
침묵은 없음으로 구조화되어 있다.

시는 침묵으로 구조화되어 있다.
늘 폭발 직전까지 팽창을 멈추지 않는
한계점의 형태를 가까스로 유지하며,
또한 없음의 구조물이다.

어떻게 할 방도가 없는, 억누를 수 없는
재채기가 침묵을 일시에 무너뜨린다.
이 기습에 이 세상을 지탱하는 모든 구조들이 허물어진다.
시는 팽팽한 구조물에 재채기를 은닉해둔다.

삽화

에드워드 호퍼(1882-1967)가 미국 화단에서 비로소 인정받기 시작하던 1951년 무렵, 추상표현주의가 점점 더 대중의 관심을 받기 시작했다. 트렌드가 바뀌고 있었던 것이다. 추상표현주의를 대표하는 화가들은 잭슨 폴록(1912-1956), 윌렘 데 쿠닝(1904-1997), 마크 로스코(1903-1970) 등이었다. 이즈음 뉴욕현대미술관은 추상파에게만 친구가 되고 있었다. 당시 미술평론가 에밀리 제나우어는 "비평가들은 호퍼의 그림 방법을 단순한 '삽화'라고 멸시했다"라고 쓴다.

*

일상을 어떻게 시로 만들까 평소 고민해오던 나는 어제 「잡담」이란 제목의 초고를 썼다. 시를 이렇게 써도 되나? (이걸 합평에 부친다면, "산문이나 소설의 한 부분 같다"는 비판이 날아올걸) 이건 시가 아니라 '삽화'라고 멸시받지 않을까? 나는—발표할까, 말까, 이렇게도 한번 써볼까, 그냥 써오던 대로 쓸까—망설인다.

*

죽기 전 마지막 강의에서 롤랑 바르트(1915-1980)는 '소설의 준비'라는 강의 주제를 준비하고 1980년 1월 12일 강의에서 아래와 같은 요지의 말을 한다.

망설임과 필연성

"글쓰기 실천은 기본적으로 망설임들로 꾸며집니다. 우리는 일반적 '형식' 사이에서 망설입니다. 프루스트의 경우처럼 소설/에세이 사이에서 말이죠. '단어' 사이에서 망설입니다. '문체에 대한 고민.' 왜 이 형식이 아니고 저 형식일까? 왜 이 단어이고 다른 것이 아닐까? 입니다. 논리적 개념으로 말하자면, 세계는 무관한 또는 부적합한 관계에 의해 연결되어 있는 '사항들'을 내게 보여줍니다. 포괄적입니다. 하지만 작품은 창작된 것이기 때문에, 배타적 관계, 배타적 분리, 즉 현실의 분리를 내게 부과해야 합니다. 그 작품이 내 눈에 필요한 것이 되려면 알레고리적 조밀함을 지녀야만 합니다. 따라서 모든 글쓰기의 실천은 가치에 대한 일반화된 망설임에 기초합니다. 망설임은 쓰고 있는 것이나 계획하는 것에 만족하지 못한다는 뜻이 아닙니다. 문자 그대로 모른다는 뜻입니다. 좋은지 나쁜지를 결정할 확실한 기준이 전혀 없다는 뜻입니다. 문학은 '과학적'이지 않다는 뜻입니다. 부표가 없는 망망대해입니다. 부표의 부재는 필연성을 만드는 결함입니다. 어떤 필연성으로 인해 이 형식이 아니라 저 형식이고, 저 단어가 아니라 이 단어를 택하는 것일까요? 한편으로 보면 필연성은 없습니다. 그러나 다른 한편으로 보면, 쓰기가 필연성 안에서 지탱된다든지, 보호된다든지 하는 것에 대한 물리칠 수 없는 부름이 작가에게는, 즉 읽거나 쓰고자 하는 자에게는 있습니다."

등대

머릿속을 들여다볼 수 있는 시간은 항상 밤이다.
낮 동안 머리의 부장품들은 물과 파도로 된 파란 껍질에
덮여 있다.
빛은 낮에 프라이팬 위에 기름 튀듯 해면에서 반짝인다.

머릿속에 웅크리고 있는 밤의 심해,
보이지 않아 거대한 검은 정념,
머리의 둥근 바다 위 등대가 골똘히 들여다보는 것.

밤에 시인은 머릿속을 파헤친다.
바다 위에 떠도는 선박들을 불러들이는 등대,
빛은 밤에 머릿속을 파내는 곡괭이가 된다.

나는 누구인가?

자기부상 : 사부기자

움직임이 시간이다. 분리할 수 없는 연속이다.

뒤에서 밀고 앞에서 끌어당긴다.
앞에서 밀고 뒤에 쌓인다.
앞이 뒤고 뒤가 앞이다.
사방팔방, 어디가 시간의 앞인가?

*(시간에는 '어디'가 없다. 시간은
어떤 장소에 놓이지 않는다. 장소를 이탈하지도 않는다.
시작도 끝도 없는 연속이다)*

피리 소리, 듣기 전에 피리 소리는
있었고 듣기를 그쳐도 피리 소리가
있다면, 시간은 피리 선율.

하지만 피리 선율은 공간을 갖지 않는가?
(영원에서 빠져나와 영원으로 빨려들어가는 한 줄 피리
소리)
시간은 공간이 없을 때도 시간이다.
만일 시간 이전이 있다면, 그건 무일 것이다.

그렇다면 무는 없음이 거느리는 무한한 시간이면서
무한(한 파랑)을 잠재우는 한 줄 피리: 만파식적,

시간의 풀림: 순수한 현재.

◇

시간의 흐름 속에, 나는 흐름이다.

흐름이 돌에 부딪쳐 물방울이 튀어오른다.
(이때, 나는 물방울, 반짝임은 잠시,
다시 흐름에 잠긴 움직임이다)
돌을 타고 넘어 흐른다. 굴곡이 된다.
굴곡을 감싸고 흐른다.

흐름에서 이탈할 때 비로소 내가 있다. 물방울의 도약.

(흐름 위를 활공하는 새와 물방울은 각기 다른 가지에 열
린 시간이다)

공기는 있되 없음으로 있다.
소리의 구부러짐에서 음악이 생기듯 공기의 움직임,
없음의 운동에서 흐름이 생긴다.

공기의 흐름. 손가락 없이 쓸어넘기는 머리카락: 바람의
현시.

레일의 앞은 없다. 흘러온 시간의 궤적만
반짝인다. 레일 위의 아지랑이. 구불거리는 공기. 과거
의 착시.

시간의 흐름에서 나만의 시간은 없다. 분리할 수 없는 막
무가내의 움직임이 있을 뿐.
그러나 시간에 대항하여 흐름을 밀어내는 힘으로 자기부
상할 때 나는 시간을 바라본다.

시간을 이탈하여 제멋대로 비상하는 죽음은 아니지만,
레일에 평행으로 부상하여 흐르는 시간을,
시간을 밀어올리는 나를 바라본다.

그리하여 나는 나를 산다.

◇

평행선. 시간에 평행할 수 있는 것은 현재의 그 순간만 가
능하다.
현재의 순간에서 자기부상하는 나는 언제나 내가 아니다.

나는 내가 아니다.

—

자기부상 : 자기분열

이명

입을 다문다고 바야흐로 침묵은 아니다.
침묵은 소리에 평행하고
나는 소리에 평행한다.

나는 h에 평행한다. (h는 내가 아닌 어떤 것, 비어 있는
형상이다, 손바닥이 뺨을 후려치기 직전 뺨과 손 사이의:
텅 빈 것)

아무짝에도 쓸모없는 무언가를 할 때만 소리가 사라진 듯
하다. (나는 하루종일 또는 살아온 삶의 대부분을 이 쓸모
없는 짓을 되풀이하며 보냈다)

h가 골똘히 최선을 다해 집중은 물론 광기의 고집까지 모
아 일하려 할 때
컴퓨터 본체 돌아가는 소리.
끄고 책상 위에 엎드려 밀착하려 할 때
시계 초침 소리.
뒤판에서 건전지를 꺼내고 벌거벗은 것들 위로 숙이며 마
주보려 할 때
냉장고 소리.

— 무료하지조차 않은 단지 우울한 소리.

소리를 피해 숲으로, 나무들만 있는 숲으로
말 없는 수직들만이 조용하게 있는 들판으로.
h는 마침내 침묵과 마주한다: 노란 수선화.

완벽한 침묵의 독방에 나를 가뒀을 때
귀에서 소리가 난다. 침묵의 그림자일까?

이명. 모든 소리가 압축된 형상.
소리의 잔상이 아닌 소리의 시적 기념비.
복잡하게 얽힌 전선을 타고 움직이지만
결코 동글동글하지 않고 직선이다.
한 귀에서 다른 귀 쪽으로 뚫고 지나면서
그 진동이 뇌를 꼬집고 찌르고 싸맨다.

이명. 소리의 끝, 소리의 시작.
침묵에 평행하여 독립적으로 영속하려는 이명.
이명을 딛지 않고, 이명을 떨쳐내는 반동으로 자기부상
하는 침묵.

사물의 이명이 언어라면,
언어의 이명은 침묵이다.

—

◇

나와 h, 밤하늘 불꽃놀이.
빈 하늘에 번쩍이는 소리를 터뜨리고,
총알처럼 눈을 따돌리는, 이미 보이지 않는 종달새.
이명의 현존. h.

— ## 자기부상 : 자기부상

— **우뚝한 돌 그리고 구멍**

h가(아니 그때는 g였을지도 모른다), 아무튼 그가 어느 해 늦가을 광대봉 마루에 올랐을 때 파도치는 알록달록한 능선들 너머 멀리(먼 거리를 단숨에 좁혀, 조이며, 날아들던 촉의 날카로운, 순식간에 확대되어 온몸을 틀어쥐던 박동) 우뚝한 마이봉에 꽂혔었다.

그는 그때의 그 느낌을 표현할 길 없었다.

굳이 목구멍을 비틀고 머리를 쥐어짜 뱉어냈었다면, '말막힘' '언어 불능'이 바닥에 팽개쳐 굴러다녔으리라.

몇 시간을 걸어 봉두봉에 이르면 암마이봉과 가장 근거리에 마주서게 되는데, 그 돌이 쏟아내는 질문들에 파묻혀 꼼짝할 수 없었다. 더 가까이 다가가면 대답할 수 있을까? h는 산을 내려가 마이봉에 바짝 다가갔지만, 거대한 돌만 우뚝할 뿐 h는 사라졌다. 우묵한 지형에 빠져서도, 나뭇잎에 가려져서도 아닌 거대함에 초점 맞춰진 시선에 작은 미물은 포착되지 않는 것이다.

수년이 지난 지금 같은 자리에서 같은 방식으로 마주한 마이봉은 같은 그물을 던져 풀 길 없는 감동으로 h를 포박한다.

질문의 화살, 대답할 수 없는 최후,

—

이것도 대답으로 쳐준다면 불완전한 하나의 대답,

기시감.

지면 위에서 단어와 마주쳤을 때의 당혹스러운 기시감.

이미 봤었고 알고 있는 단어이지만 늘 처음 보게 되는 단어.

지면의 백색 들판에 섰을 때 우뚝한 돌을 만난다.

낯선 존재와의 조우, 그게 방금 h 자신이 쓴 것이라 하더라도, 써지는 순간, 그것은

거기 이미 우뚝한 돌이다.

◇

글쓰기는 흰 종이 위에 검은 구멍을 파는 일: 일상에 부비트랩 설치하기.

일상의 평탄한 지면에도 크고 작은 구멍들이 숨어 있다. 발목까지, 몸의 절반까지 빠져야 알 수 있는. 그렇지만 그땐 이미 늦다, 호흡 곤란.

일상은 더이상 일상이 아니다.

> *[시쓰기는 언어를 궁지로 몰아*
> *쥐구멍에 빠뜨리는 일이다*

(언어 없이 사유할 수 있을까?)
시는 이미지로 사유하는 것
이때 언어는 덫에 걸리고
불구가 된 채
사라지지 않고 부스러기가 되어
그 물질성으로 이미지의 디테일을 구성한다
이미지에 불이 켜지면
언어는 그 그림자의 암흑 속으로 사라진다
사라져 없어지지는 않고, 빛을 빨아들인 검은 반죽으로
잠재한다]

◇

지면과 지면의 에로틱한 합체.

자기부상 : 뒤집기

지면

놀랍지 않다:

지면에서 '죽음'이라는 단어를 만난다고 해서 심각해지거나 심장이 멎지 않는다. ㅈ ㅁ ㅇ ㄱ, ㅜ ㅡ 의 형태는 익숙한 것이다. 그 소리 또한 소리일 뿐. 그 소리와 형태가 잠시 기억을 상기시킨다 해도 기억은 기억일 뿐, 단어는 단어일 뿐.

저 지면에 우뚝한 마이봉 또한 그렇다. 늘 있던 그 자리에, 보던 모습 그대로, 일억만 년 전 바다에서 솟아오른 단 한 번의 강렬한 사건은 두 번 다시 없다는 듯 묵묵부답, 다정하게 침묵한다.

(단 한 번의 사건은 사건일 수 없다. 지리학적 추정이 세운 텅 빈 기호일 뿐, 그 사건을 세포에 새긴 백악기 생물 또한 오래전에 사라지고 없으니……

돌: 묵묵부답)

그러나 삶은 사건이다. 시간은 사건의 연속이다.

탄생 이전에 탄생이 있었고, 죽음 이전에 죽음이 있었다.

탄생과 죽음은 지면의 앞면과 뒷면.

삶은 엎치락뒤치락 팔랑거리는 지면: 여름 햇빛에 반짝이며 뒤척이는 미루나무 수많은 잎 잎들.

127

h가 목구멍 안으로 삼킨 '우뚝하기 때문에' '역암이기 때문에'는 질문을 소화시킬 수 없는 대답일 뿐.
마이봉은 귀, 돛대, 용뿔, 붓이 아닌 물음표.

지면의 단어가 뇌를 폭탄화하여 시간의 건축물을 폭파시킬 수 있는 것은, **어떤** 단어이기 때문이 아니다.
단어를 제자리에 두는 문장, 바둑판 위의 바둑돌: 묘수,
단어를 둘러싼 문맥, 단어와 단어의 화학적 결합관계 때문이다.

저 지면의 우뚝한 돌이 융기하며 남긴 뽑힌 자리는 이 지면의 검은 구멍,
이 지면의 검은 구멍, 구멍의 에로틱한 갈망은, 비어 있는 허전함 공허 가려움은, 저 지면의 우뚝한 돌.

너트에 볼트를 조일 때, 콘센트에 플러그를 꽂을 때, 딸깍하고 만년필 뚜껑이 닫히듯 지면에 돌과 구멍이 맞물릴 때 최초의 세계는 거듭거듭 생긴다.

h는 투우장의 황소처럼 지면에 머리를 들이받는다.
글쓰기: 천공기.

자기부상 : 자기부상

아무것도 아닌

어떤 것에 닿는 이 어떤 것은 무엇인가? 질문을 생각하는 이 순간은 누구인가? 만지는 무언가가 있다. 공간에 놓여 있는 어떤 것이 있다. 눈을 뜨고 질문을 떠올리고 생각하는 이 무엇을 나라고 말하기. 어차피 말은 잘못된 도구니까. 그러나 지금에서 조금이라도 나아가기(움직이기가 더 솔직한 말) 위해서는 잘못된 도구라도 있는 편이 낫다.

말이라니? 지면의 이 입 벌린 구멍들 안에서 혀로 튕기지도 않고 튀어나오는 것들은 말이 아니란 말인가?
환등기: 지면의 검은 구멍들에서 튀어나오는 것들에 의해 뇌의 스크린에 투사되는 자극들, 흥분 덩어리. 발음하지 않아도 발설되는 뇌신경의 울림: 묵독. 몸안에서 메아리치는 소리 없는 것들이 바깥의 것들을 불러모은다.

돌 앞에 서 있던 h가 사라졌다 나타났다 한다. 돌에 스며드는 것인가? 가까이에서는 전체가 보이지 않는 너무나 큰 돌 앞에서 검불처럼 날아가버린 것인가? 빛과 눈의 충돌로 생긴 착시인가? 어떻든 h가 돌 안으로 사라져버렸다.

도대체 이 지면의 돌과 저 지면의 구멍을 연결하는 통로가 있다는 말인가? h의 모든 감각들이 그 통로의 낮과 밤을, 공간의 흐름을, 울룩과 불룩을 담고 있다는 말인가?

돌에다 몸 던지기. 백 미터 기록 갱신을 위해 혼신을 다하는 육상 선수의 달리기 속도로 멈춤 없이 그대로 돌에 부딪치기. 돌의 표면에는 땀구멍도 있고 갈라지는 미세한 주름들도 있어 피부와 흡사하지만 돌에 부딪친 피부는 찢어진다. 핏줄이 터지고 세포가 부서져 뭉개진다. 돌은 피로 물들고 피떡이 달라붙을 뿐 어떤 기스도 없다.

그렇게 짓뭉개지며 조각나 흩어져 잘게 부서지며 h가 사라졌다는 말인가 그렇게 돌 안으로 들어갔다는 말. 말은 잘못된 도구니까, 잘못 쓴 문단에 유용할지도 모르니까, 최대한 마지막까지, 세포 하나로 겨우 남을 때까지 참아내기.

책을 열고 검은 글자들을 만날 때 거기 구멍들을 확인해보기. 손가락으로 더듬으면 쓰다듬어질 뿐 손가락 끝마디도 빠지지 않는다. 구멍은 없다. 다만 발성하지 않아도 목구멍이 간질간질하다. 목구멍 저 너머 어둠에서 끌어올린, 끌려나온 것들을 입안으로 풀어놓을 참이기 때문이다.

〔청각적 물질 상태의〕 말이 풀려나오는 입안의 저 구멍은 빛이 없어 어둠일 뿐 그 안에 무언가가 있다. 검은 글자의 표면이 어두워 밋밋할 뿐 그 안에 무언가가 빠져들어가는 바닥 모를 구멍이 있듯.

—

돌에 바짝 다가가 세밀하게 들여다보면, 어느 순간 돌로
보이지 않는다. h에게 바짝 다가가면 어느 순간 h는 없고 숨
결에 바르르 엉키는 솜털과 자잘한 균열들에 휩싸이듯 돌은
없고 구멍과 균열들 앞에 있다.

그렇게 이 지면의 구멍과 저 지면의 돌은
그렇게 완벽하게 만난다.
그렇게 일치하는 듯하다.

그러나 입 저 너머의 구멍은 바닥을 알 수 없어 무엇이 끌
어올려질지 모른 채 닫힌 이 지면에 달라붙고
저 지면의 돌은 한 번도 꺼져들지 않은 채 멀리서건 가까
이서건 그대로다.

아무것도 아닌
잘못된 무엇도 아닌
유용한 무엇도 아닌
그냥 있어온
그냥 있는
아무것도 아닌

저녁의 극한 —
이철주(문학평론가)

자, 봐! 저녁에도 온통 피가 묻었어.
죽기 직전 생명의 찬란한 광도처럼
푸름이 검정 속에 파묻히기 전에
반짝, 붉게 빛났다.
뜨거움이 잠시 마음을 태웠다.
　　　　　　　　　―「벌거벗은 마음」 부분

1.

　저녁이 온다. 차갑게 날 선 사물들의 모서리가 부드럽게
해체되고 낮이 감추어온 생의 굴곡들이 그림자로 현상되어
자라난다. 견고하게 끌어당겼던 긴장된 표정들이 풀어지고
낮과 밤이, 빛과 어둠이, 생과 죽음이, 현실과 꿈이, 실제와
허구가 자신의 자리를 넘겨준 채 기묘하게 뒤엉키며 미끄
러진다. 하나의 존재가 찢어지며 지워진 무게로 온 하늘이
피 흘린다. 읽을 수 없는 눈 속의 비문(飛蚊/非文)들이 붉
게 물든 하늘로 방생되는 시간. 저녁은 지워낼 수 없는 거대
한 현기증이다. 안간힘을 쓰며 버텨왔던 정오가 무너져내리
고 아득한 밤 속으로 침몰해간다. 침몰의 순일성 속에서 빛
나는 저편과 너머, 그리고 그 너머로 인해 가능해지는 이편
의 아득한 온기.
　저녁의 침몰은 그러나 아주 짧다. 저녁이 주는 황홀함도

134

익숙한 밤이 오면 무덤덤해지고, 날마다 반복되는 일상의 주기로 변질된다. 하나의 구름이 간직하고 있을 수많은 형체와 열기는 따로 떼어낼 수 있는 기호로 변환되어 우리를 구성하는 세계의 일부가 된다. 마땅히 있어야 할 곳에 정확히 들어박혀 있는 기호들의 땅에 경이는 일어나지 않는다. 오직 기호-이미지들의 낮과 밤이 있을 뿐, 낮과 밤의 중력 사이에서 갈라지고 찢겨지지 않는다. 저녁으로 피어나지 않으며 저녁으로 호흡하지 않는다.

저녁이 거세된 빛의 횡포 속에서 내 안의 수많은 '나들'이 들썩이고 괴로워하며 실족하고 무너져내리는 이곳은 채호기의 시가 태어나는 곳이자 한사코 벗어나려 하면서도 결국 되돌아오고 마는 시적 여정의 종착지이다. 자기 안의 저녁을 끝끝내 지워내지 못한 실패로서만 존재하는 이 불가능한 사랑은 주체 '너머'의 절대적 대상을 갈망하지만 그러한 갈증이 태어나는 욕된 '이 자리'를 부정하지 않는다. "낳아!/ 다른 나를 다른 너를 다른 그를 다른 입술을 다른 나무를 다른 물을 다른 귀를 다른 생각을 다른 마음을 다른 영혼을/ 낳아! 다른 몸을"(「틈, 구멍」, 『지독한 사랑』)이라며 현재의 자기를 넘어 다른 '나/너/그'의 세계로 들어설 것을 예찬에 가까운 목소리로 명령하기도 하지만, 이 사랑의 자리가 "나 그대 몸속으로 들어가려면/ 죽음을 지나야"(「몸밖의 그대2」, 『지독한 사랑』)함을 뼈아프게 깨닫게 하는 자리임도 망각하지 않는다. 채호기에게 있어 죽음은 빛의 맹위를 무너뜨리고 몰락해가는 저녁을 바로 보게 하는 근원적 순간이지만, 죽은 "너의 삶을 살아"감으로써 "바로 지금! 네가/ 삶의 싱싱함으로/ 살아오"(「슬픈 게이」, 『슬픈 게이』)게 하는 시적 상상력의 극한을 매개하는 중요한 시적 장치이지만, 그 모든 것에 앞서 존재하는 불변의 원리이자 조건이다.

채호기 시의 한없는 뜨거움은 역설적으로 그 뜨거움에 닿을 수 없는 인간의 조건으로 인해, '죽음'이라는 생의 극한으로 인해 가능하며, 그의 시는 인간적 한계에 가장 충실한 방식으로 그 한계 너머의 풍경 앞에 마주서려 한다. 처음부터 실패가 예정된, 오직 불가능으로서의 사랑. 그 사랑의 극한은 지워짐이다. 시간이라는 삶의 근원적 조건 앞에서 한 인간이 하나의 생을 지탱하기 위해 만들어낸 무수한 표정, 자세, 웃음, 눈물 등이 지워지고, 흔적처럼 남은 자국과 얼룩, 뭉개진 희망과 갈망이 스러져가는 저녁의 풍경 위에 번졌다가 사라진다. 오직 지워짐으로써만, 실패의 상흔이 되어 소거됨으로써만 강렬해지고 선명해지는 사랑이 그의 이번 일곱번째 시집에 담겼다.

이번 시집에서 유독 자주 등장하는 음악적 테마들, 규정 불가능한 소리의 요소들은, 단순히 이미지를 첨예하게 드러내기 위한 수사적 차원을 넘어서서, 저녁이라는 지워짐의 시간이 다다를 수 있는 극한의 풍경을 보여준다. 시각적 욕망의 가장 근원적 차원, 진정한 나의 내면을 바로 '보고' 싶다는 시인의 끝없는 갈망은, 다가갈수록 흩어지고 지워지던

'수련'의 "황홀한 물성"(송상일)을 거쳐, 수억의 저녁이 펼쳐낸 현기증으로, 그 현기증이 이장된 소리들의 '눈'("소리들은 한 영혼의 시작보다 더 먼/ 이전을, 끝보다 더 오랜 이후를 볼 수 있는 눈이 있다", 「아무것도 쓰여 있지 않은 흰 종이」)으로 현상되어 이곳을 바라본다. 극한을 살아내려다 실패한 세상의 모든 저녁을 바라본다. 저녁의 극한을, 울음의 극한을 바라본다.

2.

한 권의 시집을 하나의 이야기처럼 읽고 싶어질 때가 있다. 채호기의 이번 시집도 그런 충동을 불러일으키지만 결코 간단한 일은 아니다. 챕터들의 제목처럼 "나는 언제나 내가 아니다"로 시작해 "나는 누구인가"로 끝나는 이야기, 단호한 확신과 끝나지 않는 열림의 질문으로 매끄럽게 정리하고 싶지만, 아마도 "그건 인간의 터무니없는 상상"(「고양이」)일 것이다. 삶의 위협적인 매혹과 전염으로부터 약간은 거리를 두고 바라보고 싶은 욕망. 상처와 고뇌가 겪어온 아름다운 빛들의 역사를 바라보고 싶지만, 그 속에 빨려들어가고 싶지는 않은 나약함과 비겁함이 이와 같은 쉬운 태도를 만들어낸다. 채호기의 시는 이런 관성 같은 독해의 소화력에 구멍을 내고, 복통을 일으키며, 단잠을 깨운 채 몇 시간이고 불면의 고통 속으로 '나'를 밀어넣는다.

　우선 소제목들의 배치부터가 예사롭지 않다. "나는 언제나 내가 아니다"라는 소제목은 "나는 누구인가?"라는 마지막 챕터 소제목에 묶인 첫번째 시「자기부상 : 자기부상」에 등장하는 시구이며, "나는 누구인가?"라는 소제목은 "나는 언제나 내가 아니다" 소제목에 묶인 첫번째 시「명자꽃」에서 따온 것이다. "자기부상"이라는 글자가 거울에 비친 역상으로 쓰인 것처럼 이 한 권의 시집은 내가 나를 바라보는 수많은 거울들의 모음집과 같은 느낌을 준다. 하나의 부서진 파편이 다른 찢겨진 순간을 끝도 없이 반복하며 되비추는 영원한 폐쇄회로. 그의 세계가 닫혀 있다는 말이 아니다. 닫혀 있는 것은 인간의 조건이며 생의 근원적인 한계이다. 아무리 생성의 무한한 떨림과 열림이 상상력의 한계를 뛰어넘고 확장해도, 이미지로 이루어진 가상의 기호들이 욕망과 현실을 대체하며 넘나들어도, 인간은 자기 몸무게만큼의 중력과 싸우며 겨우겨우 땅 위를 딛고 살지 않을 수 없으며, 몇 시간만 지나도 다시 찾아오는 허기와 갈증과, 매순간 죽음을 향해 달려가는 신체의 노쇠와 함께 삶의 매순간들을 걸어나가야 한다. 채호기의 시는 바로 이 너무도 명백한 사실로부터 시작된다. 그의 시에 끊임없이 개입되는 물음표들은, 생의 근원과 진정한 자기를 갈구하는 언어들이 자칫 망각하기 쉬운 이 오류의 조건들을 향해 던져진다.

나는 수많은 갈라짐이다. 쪼개진 자잘한 부분이 나이다.
눈길을 끄는 것들이(얼핏 보았지만 잔상으로 남는 색깔
같은 것이거나, 사라진 뒤에도 남는 냄새, 촉감 같은 것)
있어 그것들을 그러모을 수 있다면 그게 나?

그러나 나. 인. 순간. 동시에 사방으로 흩어진다.
                              —「나는 누구인가?」 부분

난 여자를 사랑한다네, 내 욕
망은 여자가 되는 것 (다시 태어
날 수 없으니 자기변명? 합리화?)
나는 앳됨을 사랑하고 내게
사랑이란 사랑하는 사람을 산다는
것, 소녀로 살아가는 것이었네.
(……)
식물의 마음으로 동물을 살아가는 건
불가능하지, 앳된 소녀가 된다는 것,
생각, 꿈꾸는 것만으로 불가능하지.
모래밭 위에서 수영 폼 익힌다고 가능하겠나?
물속에 뛰어들어 한 물결 두 물결을 헤엄치고
한 파도를 딛고 두 파도를 딛고
그렇게 층층의 파도를 살아 올라갈 수
없다면, 다시 살아야지, (근데 시간은 있나?)
                          —「근데, 시간은 있나?」 부분

구도의 진정성 있는 언어들에 느닷없이 끼어드는 물음표와 비아냥대는 목소리는 채호기 시의 오래된 장치들이다. 이 외부적 시선은 자아를 들여다보려는 시적 시도들이 자칫 숭고한 높이에 이른 정신의 교훈적 언사로 전락하지 않도록 서술의 내부를 차갑고 날카롭게 응시한다. 수없이 분열된 나의 파편들, 아무리 지우고 또 지워내도 사라지지 않고 남아 이곳을 떠도는 흔적들의 총체가 '나'일 수도 있겠지만(「나는 누구인가」), 그 모든 총체를 종합한다는 것은 명백히 불가능한 일이다. 주관의 상상력은 이 불가능한 일을 머릿속에서 해내며 '숭고'한 기쁨에 사로잡힐지 모르나, 채호기의 시는 이러한 숭고의 미학적 태도가 가정하는 '안전한 거리'를 용납하지 못한다. '공포와 안전을 동반하는 쾌감'(에드먼드 버크)이라니. 채호기의 시에서 이는 내 안에 분명히 존재하는 압도적인 상당수의 '나'를 거세하고 잘라낸 이후라야, 그들의 입을 막고 존재의 바깥으로 추방한 다음이라야 가능한 일이다. 이러한 문제의식은 '들여다본다'는 행위에 깊이 천착하고 있는 다음의 시들에서 좀 더 명료하게 예각화된다.

마음을 들여다본다.
눈으로 들여다볼 수 없다는 것은 누구나 알고 있으니
발을 내밀어 디뎌본다.

그런데 너를 이렇게 들여다보는 것을
누가 보지 않을까?
(……)
마음을 밟고 있는 몸 끝으로
삶의 비밀보다 더 깊은 곳에서
끄집어낸 것들을 떨어뜨린다.
너는 중얼거림 속에서 자기 자신이 되어 깨어난다.
　　　　　　　　　　　―「마음을 들여다본다」 부분

나는 아무도 아니다.
(……)
선생이었을 거라는 감각적 조짐이 볼을 차갑게 스치더니
구름을 밀어올리며 그보다 높은
실체감 없는 아득한 높이에서 숲을 내려다본다.
숲이었을 거라 추정되는 자리에 다양한 질감의
초록 계통만의 약간씩 다른 톤의 색실들로 촘촘히 짠 너
른 카펫이 포근해 보인다.
(……)
바깥에서 온갖 소음들이 섞여 들어와
아무리 소리질러도 학생들에게 가닿지 않는다.
(……)
말이 아니라 욕을 하고 있는지도 모른다.
미치고 환장할 노릇이다.

발작하듯 소릴 지른다.

빤히 보인다.

(……)

깨어나기 전까지 선생인 줄 알았다.

—「뭐라고?」 부분

 "내 속의 네가, 열 수 없는 내 눈을 열고, 열리지 않는 너를 마주본다"(「눈을 이해하는 법」)라든가, "나로서는 바라볼 수만 있는, 시선만이 잡을 수 있는 산이었다"(「푸른 벽」)라는 진술은 채호기의 시에서 자주 반복되는 모티프이다. 오직 나만이 바라보고 알아차릴 수 있는 '내 안의 나'는 이 인식의 조건에 의해 결코 도달할 수도 만날 수도 없다. 그러나 내 안의 나를 확인하고픈 눈의 욕망은 그렇게 투명하지도 믿을 만하지도 않다. "이 모든 게 팽팽한 원통이던 망막의/ 일그러짐 때문"(「일그러짐」)이라는 인식의 조건으로서의 오류 탓도 있겠지만, 근본적으로 시선은 이미 앞에서 부정되었던 나와 대상 사이의 '안전한 거리' 속에 대상을 위치시킬 때에만 성립될 수 있는 것이기 때문이다. 물론 이 안전한 거리란, 닿으려 하지만 결코 닿을 수 없는 근원적 존재와 '나' 사이의 아득한 거리에서 비롯하는 것이다. 그러나 거리가 함의하는 필연적 실패의 고통이 '시선' 사이에 놓이지 않는 한, 응시의 치열함은 유지되기 어렵다.
 언급한 「마음을 들여다본다」에서 응시의 날카로움은 "발

142

을 내밀어 디뎌본다"가 아니라 "누가 보지 않을까?"에 의해
촉발되며, 어렵게 "끄집어낸 것들을 떨어뜨린다"라는 행위
에 의해 비로소 가능해진다. 들여다본 '너'와 나 사이의 결
코 뛰어넘을 수 없는 거리 앞에서 '나'는 예정된 실패를 스
스로의 의지로 감행한다. 그 결과는 '나'가 아닌 '너'의 각성
이다. '나'의 행방은 알 수 없다. 다만 이 불가능한 응시를
가만히 들여다보고 있는 시선 자체가 되어 몽염과 깨어남의
순간을 증거하고 있을 뿐이다.

「뭐라고?」에서 "나는 누구인가"라는 질문의 칼날은 "실
체감 없는 아득한 높이에서 숲을 내려다보는" '본다'의 욕
망 자체를 찌른다. "초록 계통만의 약간씩 다른 톤의 색실들
로 촘촘히 짠 너른 카펫이 포근해 보"이는 이 풍경은 "내가
바라보고 싶은 나"(「푸른 벽」)의 외관이며, '내가 보고 싶어
하는 것만 있는' 왜곡된 거울상이기도 하다. "나는 아무도
아니다"라는 진술로 시작해 자아의 풍경을 내려다보며 흡
족해하던 화자의 목소리는 불현듯 강의실과 학생들의 이미
지로 이어지면서 흔들린다. 오직 이미지만 있고 어떤 목소
리도 전달되지 않는 세계. 멀리서 내려다보았을 땐 그저 아
무래도 좋았던 '너머'의 세계는 소통 불능의 "빤히 보이"는
백일몽의 한 풍경이며 "나를 유혹하는, 벌거벗은 산"(「푸
른 벽」)이다.

하나의 존재 안에 깊숙이 들어앉아 숨쉬고 있는 어둠의 심
연을 바로 보려는 의지와 그 불가능을("다없수볼로바서로

나를나는나", 「나를 이해하는 법」) 뼈아프게 깨닫는 실패의
자리, 갈망과 좌절을 동시에 바라봄으로써 생기는 원근감으
로 불완전한 존재의 중심을 찾아가려는 구도의 자리에 채호
기 시의 아름다움과 뜨거움이 있다. "새벽의 영역에 들어오
는 걸/ 허락하겠다./ 저녁에 다시 인간의 영역으로 돌아가
는 걸/ 허락하겠다"(「검은 사슴」)라는 전언처럼 독자는 채
호기의 시를 통해 피안과 차안을 오가며 설명할 수도 부정
할 수도 없는 아득한 현기증으로부터 초대를 받는다. 생각
도 잃고 말도 잃은 채 너머의 풍경에 인간의 마음을 빼앗겨
'나'를 들여다보려던 최초의 마음만 잊지 않을 수 있다면,
이 매혹적인 '너머'에 잡아먹히지 않은 채 가까스로 "실종되
지 않고 살아 돌아올 수 있을"(「미지의 대륙」) 것이다. 물론
생존의 대가는 처절하고 명료한 실패이겠지만.

3.

  하지만 돌아오지 못하는 실패도 있다. 이미 피안의 주민
이 되었으므로, 차안에서의 어떤 갈망도, 오욕도, 기쁨도
잊은 채 저물어가는 저녁 하늘에 기대어 찬란하게 피었다
스러진다. 그들은 '아무리 기다려도 불 켜지지 않을 검은
방'("아무리 기다려도 저 검은 방은 불 켜지지 않을지도 모
른다", 「저녁에」)의 모습으로 화자의 눈에 들어오기도 하

고, "수증기가 되고 싶어하"(「그녀는 곧」)는 금방이라도 지워질 것 같은 존재의 모습으로 현상되기도 하며, "단 한 번의 눈짓과도 같"은 '음악'(「삶은 마술이다」)으로 연주되었다 흔적도 없이 사라져버리기도 한다. 사라져가는, 지워져가는 존재들이 인간 바깥의 마음에 가까워질수록, 그들이 견뎌왔을 인간의 마음에 새겨진 상흔의 무게도 한없이 짙어진다. 지워짐으로써 한없이 선명해지는 삶의 윤곽이 있다. 채호기의 시는 모든 것들이 지워져가는 저녁 한편에서 그들이 침묵으로 건네는 생의 가장 뜨거운 요약을 듣는다.

> 모래 언덕은 소리를 파묻고 모든 사건을 지운다.
> 육체를 지운다. 그리고 아무것도 쓰여 있지 않은
> 흰 모래 위에 검고 길게 자란 풀을 세운다.
> 풀의 날카로움을 통과하는 모든 나부낌을
> 소리로 물들인다. 소리를 듣는 모래알 하나하나에
> 흘러내리는 모래 언덕 육체에,
> 산 채로 거꾸로 매달린
> 영혼의 마르고 텅 빈 풀들.
> (……)
> 종은 그렇게 소리를 모았다가 순식간에
> 나방들을 날려보낸다. 나무가 이루는 아늑한
> 지붕들 아래로 수심 깊은 소리들이 범람할 듯
> 찰랑인다.

수백 개의 종, 소리들은 한 영혼의 시작보다 더 먼
이전을, 끝보다 더 오랜 이후를 볼 수 있는 눈이 있다.
아케이드 아래 몇 개의 생이 지나가는 오래된 나무,
들판에 서 있는 커다란 종.
　　　　　　—「아무것도 쓰여 있지 않은 흰 종이」 부분

　채호기는 이 시가 아르보 패르트의 음악을 언어로 번역하
려 한 "불가능한 작업의 흔적들"임을 밝히고 있다. 종교음
악이 기본적으로 깔고 있는 구원과 구도, 순수한 영성의 모
티프들 속에서 그가 유독 주목하는 장면은 모든 색과 향이
지워지고 남은 가장 근원적인 소리들이 오래도록 한데 모였
다가 방생되는 강렬한 해원의 순간이다. 곡 이름인 〈Tabula
rasa〉의 번역어가 이 시의 제목이 되었는데, "아무것도 쓰여
있지 않은 흰 종이"란 그러므로 태초의 순수한, 모든 죄로
부터 벗어난 백지상태가 아니라 영겁의 시간 속에서 수많은
생의 그림자들이 '파묻히고 지워진' 흔적들의 총체이며, 번
뇌와 욕망으로부터 벗어나 이제는 "한 영혼의 시작보다 더
먼/ 이전을, 끝보다 더 오랜 이후를 볼 수 있는 눈"을 갖게
된 상태를 의미한다.
　주목해야 하는 사실은 그 '눈'의 주인이 결코 '나'가 아니
라는 점이다. 눈의 주인은 "종, 소리"이며 "소리들"이고 심
지어 파묻히고 지워진 애초의 소리 자체도 아니다. 이들은

"아무것도 쓰여 있지 않은/ 흰 모래 위에 검고 길게 자란 풀을 세움"으로써, "흰 종이 위에 검은 구멍을"(「자기부상 : 火暑心자」) 팜으로써 비로소 끌어올려진 소리이며, "허공에 파종하고, 상심에 닿아 튀는 무늬들을/ 달팽이관으로 불러들"(「은밀한 투명무늬」)임으로써 종의 단단한 물성 속에 이장된 침묵들이다. 작품에 의해 언어에 의해 가까스로 뚫린 심연으로 가는 입구이지만, 언어의 불가능성으로 인해 입구에 들어서는 것은 허락되지 않는 형이상학적 문의 미로이다. 시적 주체는 여전히 "들판에 서 있는 커다란 종"을 바라보고 있지만, '눈'의 주인은 종의 차갑고 깊은 내장 속을 헤매며 단 한 번의 떨림을 향해 스스로의 중심 속으로 한없이 침잠해들어간다.

산 숲은 어둡고 마을은 인적 없다.
바람이 오후의 평화로운 나뭇잎을 흔들 뿐
과수원 사과나무를 위해 틀어놓은 라디오에서
유행가들이 흩어지며 고요를 더 무겁게 끌어 앉힌다.
어디쯤이라고 특정할 순 없지만
산길이 끝나고 마을이 시작하는 어느 지점에서
시간이 움직이는 게 보일 듯한데, 나는 사라진다.
건너다뵈는 맞은편 육산이 압도한다.
햇빛 조명을 받아 유난히 밝게 반짝이는
산의 등성이와 윤곽, 적당하게 먼 거리가 만들어내는,

147

산을 뒤덮은 나무숲들의 밍크 털 부드러운 감촉,
(……)
언니 뭐해!

—「언니 뭐해!」 부분

눈으로 듣는 이 소리들은 시간을 굴릴 때
진동하는 힘이 느껴진다. 인간이 아닌 것들에서
인간 쪽으로 관통하는 무엇이 있다.
그때 시간은 한없이 투명해져 흙을 들쑤시거나,
돌 밑을 파고들며 흐르는 물이 되거나, 하늘이 되어
공기의 깊은 수심에서 떠올라 수면에 닿으려 하거나,

연두색으로 퍼져나간다. 퍼져나가면서
(……)
겹쳐지고, 제자리걸음하고, 덧붙이고, 반복하여
초록이 된다.

—「연두」 부분

위의 시편들은 지워져가는 존재들이 아니라 '나'의 지워
짐을 증거함으로써 내 몸 바깥의 순도 높은 시간들을 매개
하고 있다. 채호기의 시에서 몸 바깥의 시간은 몸안의 시간
과의 견고하고 끈끈한 뒤엉킴 속에서 주로 진술돼왔다. 첫
시집에 수록된「몸 밖의 그대」연작에서부터 여섯번째 시집

의 표제작이기도 한「질 수밖에 없는 레슬링」에 이르기까지 내 안의 가장 낯선 타자 '나/너/그'는, '너머에 이르려 하지만 실패하고야 마는 나'에 대한 명징한 응시 속에서만 존재해왔던 것이다. 반면 인용한 시들에서 '바깥, 너머'의 시간은 '나'를 지우는 방식으로 '나'를 압도하며 스며든다("나는 사라진다"). "적당하게 먼 거리가 만들어내는,/ 산을 뒤덮은 나무숲들의 밍크 털 부드러운 감촉" 등은 표면상으론「뭐라고?」에서 언급한 소통 불능의 백일몽과 비슷한 언술이나, 어리석은 꿈을 강조하기 위한 수사적 장치가 아니다. 여기에는 '죽음'이란 절대적 타자로서의 '지워짐'이 깔려 있으며, '나'의 '너머에 대한 갈망'은 지워지고자 하는 욕망 자체로 투명하게 진술될 뿐이다. 물론 "언니 뭐해!"라는 갑자기 끼어드는 타인의 목소리로 '나'의 시선은 거칠게 되돌아오지만, 여전히 존재의 다른 눈은 돌아오지 않는다.

「연두」역시 '진초록의 기억'을 통해 초록과 나 사이의 아득한 거리를 호출해내었던「여름 나무의 추억」(『손가락이 뜨겁다』)과는 접근 방식이 다르다. '연두'는 현재진행형이고, 압도하는 초록 속에서 화자는 "인간이 아닌 것"에 훨씬 더 가까워지며 '인간'을 지워간다. '나'라는 표지는 아예 등장하지도 않으며, "초록이 된다"의 주어 역시 '인간'이 아닌 '시간'이다. 물론 이러한 경향이 나타난다고 해서 채호기의 시에서 더이상 '나'의 위치와 무게가 중요해지지 않는다는 것은 아니다. 다만 완고하게 고수해왔던 '본다'의 주체 자리에 이제는 '나'가 아닌 '소리'가, 존재가 아닌 '시간'이 놓여질 수 있는 어떤 시적 거리와 여유가 생겨난 것으로 추측해볼 따름이다. 이러한 먼 시선은 인간이라는 한계와 조건을 벗어난다. 그것은 다만 상상적인 것이며, 인간은 도달할 수 없는 아득한 높이의 심연을 가정한다. 그러나 그의 시가 이러한 '높이'를 경유해 도달하는 곳은 인간사 너머의 아름다운 피안이 아니라 피안을 꿈꾸는 수억의 생이 부서지고 사라진 허공의 자리이며, 그 메울 길 없는 구멍을 배회하는 소리들의 자리이다. "소리의 잔상이 아닌 소리의 시적 기념비"(「자기부상 : 눈물[다ㅈ」)를 세우려는 채호기의 시는 존재와 꿈, 시간이 부서지고 사라진 자리에서 부재의 무게를 통해 가장 선명하게 드러나는 존재 안의 존재를 일깨우고 불러 세운다. 사라짐으로써 가장 선명하게 드러나는 존재의 목소리를 듣는다.

4.

아무것도 아닌
잘못된 무엇도 아닌
유용한 무엇도 아닌
그냥 있어온
그냥 있는

아무것도 아닌
　　　　　—「자기부상 : 伐붐[던지」 부분

　저녁이 펼쳐내는 핏빛 뜨거운 하늘에 힘입어 존재의 단단
한 외피를 지워낸 그의 시적 여정이 도달한 시집의 마지막
결론은 바로 "아무것도 아닌" '나'의 자리이다. 시론의 성격
이 농후한 시집의 마지막 챕터에는 「자기부상 : 伐붐[던지」
이라는 모두 같은 제목을 한 시 다섯 편이 실려 있는데, 서
로 겹치면서도 어긋나는 미묘한 긴장과 마찰이 시집의 역동
적 성격을 더해주고 있다. "시간의 흐름 속에, 나는 흐름이
다."라는 명료한 서술로 시작되는 첫번째 시에서 '나'의 세
계관은 뚜렷하고 강고하다. "시간을 이탈하여 제멋대로 비
상하는 죽음은 아니지만,/ 레일에 평행으로 부상하여 흐르
는 시간을,/ (……)밀어올리는"것에서 '나'의 대항을 설명
하고 있는 '나'는 "현재의 순간에서 자기부상하는 나는 언
제나 내가 아니"라며 생성의 시간 속 '나'의 한계와 한계 속
가능성들을 탐색한다. 〈우뚝한 돌 그리고 구멍〉에 이르러서
는 이미 언급한 '자기부상'의 구체적 방식이 시란 무엇인가
라는 예술론의 형태로 서술되는데, '우뚝한 돌' 앞에서 경험
하게 되는 "말 막힘"과 "언어 불능"의 '구멍'에 의해 불구
가 된 언어가 어떻게 "사라지지 않고 부스러기가 되어/ 그
물질성으로 이미지의 디테일을 구성"하게 되는지를 설명한
다. 다만 〈아무것도 아닌〉에 이르면 앞의 시편들과 분명한

구분되는 어떤 단절에 이르게 되는데, 자신감 있는 어조로 설명되던 '언어의 불가능성'조차 "바닥을 알 수 없는" 구멍과 그럼에도 "꺼져들지 않은 채 멀리서건 가까이서건 그대로"인 견고한 물성으로 환원되어 단지 "아무것도 아닌" 것으로만 남아버리고 만다.

  존재론으로서는 생성의 철학을 믿고, 예술론으로서는 불구의 언어가 펼쳐내는 에로틱한 "형이상학적 물질론"(박상수)을 신뢰하지만, 그 모든 신뢰와 가치 전제들을 지워내고 마주한 언어 앞에서, '나'라는 "어떤 것에 닿는 이 어떤 것" 앞에서 채호기의 시는 어떤 저항도 변명도 일말의 덧붙임도 없이 "아무것도 아닌" 지금을, 여기를 응시하고 있다. "바다가 되기를 거부하는 끝내 그 무엇도 아닌 것들"(「……가 되기를 거부하는 끝내 그 무엇도 아닌 것들」)이 펼쳐내는 단단하고도 고요한 저항 앞에서, 어떤 말로도 소리로도 빛으로도 끄집어낼 수 없는 절대적 물성 앞에서, 그들이 펼쳐내는 거대한 침묵을 듣는다. 내 안의 무한한 가능성의 잠재태도 아닌, 도달하려 하나 결코 도달 불가능한 너머의 아득한 존재도 아닌, 그 자체로만 존재하는 물성 하나에 도달한다. 이것이 이 시집의 모든 것이라고 말할 자신은 없다. 그러나 이 시집이 초대하고 있는 저녁의 극한에서, 어떠한 인식도 판단도 상상도 불가능한 단호한 실패 하나가 선연하게 떠오르고 있음은 부정할 수가 없다. '저녁'마저 지워진 저녁의 풍경 앞에서 저녁이라는 절대적 지워짐이 다다를 수

있는 인식과 상상의 한 극한을 본다. "아무것도 아닌" 저녁
이 저물고 있다.

채호기 1988년『창작과비평』여름호를 통해 등단했다. 시집으로『지독한 사랑』『슬픈 게이』『밤의 공중전화』『수련』『손가락이 뜨겁다』『레슬링 질 수밖에 없는』이 있으며, 김수영문학상과 현대시작품상을 수상했다. 현재 서울예술대학교 문예학부 교수로 재직중이다.

— 문학동네시인선 112
검은 사슴은 이렇게 말했을 거다
ⓒ 채호기 2018

— 1판 1쇄 2018년 11월 14일
1판 3쇄 2021년 12월 23일

지은이 | 채호기
책임편집 | 김봉곤
편집 | 김영수 강윤정 김필균 김민정
디자인 | 수류산방(樹流山房) 본문 디자인 | 유현아
마케팅 | 정민호 이숙재 우상욱 정경주
홍보 | 김희숙 함유지 이소정 이미희
제작 | 강신은 김동욱 임현식
제작처 | 영신사

펴낸곳 | (주)문학동네
펴낸이 | 염현숙
출판등록 | 1993년 10월 22일 제406-2003-000045호
주소 | 10881 경기도 파주시 회동길 210
전자우편 | **editor@munhak.com**
대표전화 | 031) 955-8888　팩스 | 031) 955-8855
문의전화 | 031) 955-3578(마케팅), 031) 955-1920(편집)
문학동네카페 | http://cafe.naver.com/mhdn
북클럽문학동네 | http://bookclubmunhak.com

ISBN 978-89-546-5351-0 03810

잘못된 책은 구입하신 서점에서 교환해드립니다.
기타 교환 문의: 031) 955-2661, 3580

www.munhak.com

문학동네